【全球智識】GLOBAL INTELLIGENCE 14

朗嘉念、柯洛特、
紀藍、席孟年◎著

王玲琇◎譯

人類最美麗的故事

中研院史語所
研究員
臧振華
導讀

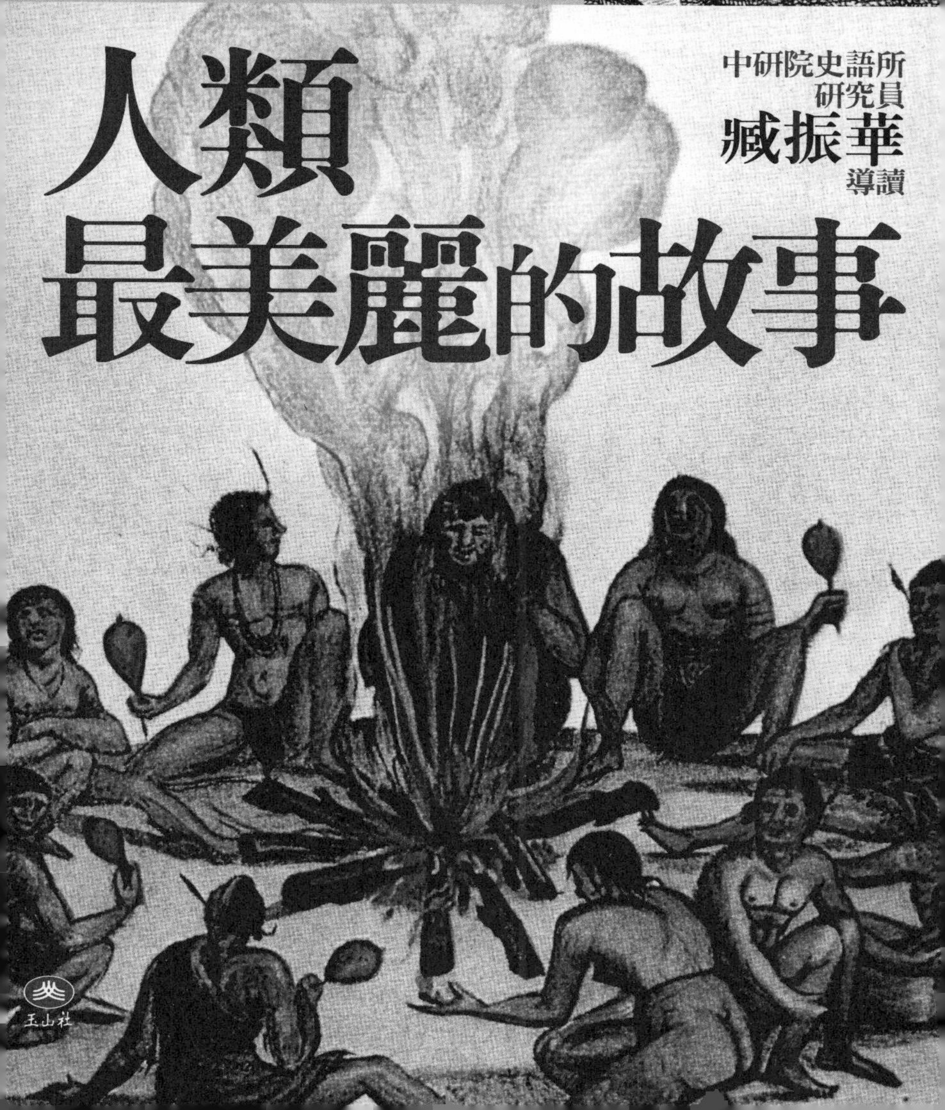

玉山社

導讀

臧振華

人類是一種充滿好奇心的動物，不只是對於所見所及的事物感到好奇，對於他本身的來源和發展也一直有莫大的興趣。就像：人是不是猴子變來的？人類究竟有多久的歷史？古代人長得什麼樣子？他們怎麼樣生活？什麼時候會使用火？什麼時候開始有農業？什麼時候開始有語言？什麼時候出現文字？為什麼會發明文字？為什麼會出現文明？埃及的金字塔是怎麼建成的？英國的巨石圈是作什麼用的？為什麼人類的文化風習會有不同？為什麼人類的膚色會有白、黑和黃之分？真是問題一籮筐，問也問不完。然而，正是由於受到想要解決這些問題的激發，促成了考古學的出現和發展。

考古學是源於歐洲。就我們所知，最早對考古有興趣的是希臘人。他們對人類起源和發展感到濃厚的興趣，把它當作是整個哲學思想的一部分。所以，在歐洲，考古學的原意是指研究古代之學。不過這個定義太籠統了，到了十九世紀，才產生了現代考古學，它一方面是屬於人文學科的領域，一方面又與自然科學有密切的關係。它的任務在於根據古代人類活動和生活所遺留下來的遺物和遺跡，來研究古代人類的社會、文化和歷史。而這些遺物和遺跡大都埋沒在地下成為遺址，必須透過有系統地調查和發掘，才能加以揭露和研究。因此，現代考古學家都要到田野中找尋資料。

現代考古學家所設定的研究目標，主要有三項：

1．探討古代文化的年代：利用形制學和層位學，以及藉助自然科學的方法，以了解古代文化的年代和發展。

2．重建古代人類的生活方式：透過考古出土的各種資料，以了解古代人類如何生活，包括：如何吃？如何住？如何製造工具？如何表現藝術？社會組織為何？宗教信仰為何？與生態環境的關係為何？社群之間的關係為何？等種種問題。

3．解釋古代文化的變遷過程：透過概念性的工具和理論的建構，來對古代人類文化的變遷作出解釋，並尋找其中的規律和原理。

在這三項研究目標的基礎上，考古學者企圖對人類歷史的發展過程有一個全貌性的了解。就目前所知，人類的出現至少已有三、四百萬年的歷史，而在這一漫長的歲月中，人類在體質、面貌及社會、文化方面，到底有著一些什麼樣的變化？過去，一些考古學家曾試圖依據他們所獲得的知識，將人類發展的歷史劃分為不同的段落。例如，丹麥考古學者湯姆生（C.J. Thomsen）於一八三六年首次主張人類的歷史是經過石器時代（Stone Age），青銅時代（Bronze Age），及鐵器時代（Iron Age）三大階段。其後，英國考古學家拉布克（J. Lubbock）於一八六五年提議把石器時代再劃分為「舊石器時代」（Palaeolithic 或 Old Stone Age）及新石器時代（Neolithic 或 New Stone Age）。前者是指自更新世（Pleistocene）地層中與已經絕種的野生動物骨骸一起出土的打製石器所代表的時代而言，而新石器則是指出現磨製技術製的石器，以及畜養和農業的時代。到了二十世紀中，美國芝加哥大學的柏來烏德（R. Braidwood）教授主張依據生產與居住方式，將人類的歷史分為：1.食物採集階段（Food-gathering Stage），2.食物生產階段（Food-producing Stage），3.工業階段（Industrial Stage）。

不過，無論如何劃分，可以確定的是：人類的歷史是一個漫長而且不斷演變的過程，迄今曾經發生過數次關鍵性的轉折：

首先，是在大約六百萬年前*，一些屬於人科的動物（Hominoids），在生物演化的路途上，逐漸與黑猩猩和大猩猩分道揚鑣，開始靠兩腳直立行走，而將空出的雙手，用來製造和使用簡單的工具。在大約四百萬年前，出現了已經能夠使用工具的南方古猿（Australopithecus）。

其次，在三百萬到二百萬年前之間，出現了能人（Homo habilis），在生物分類上，他們已經屬於真正的人屬（Homo），較南方古猿進步，並且是最早能夠用一定模式來製造工具的早期人類。到了大約一百五十萬年，能人進一步演化成直立人（Home erectus），他們有了較大的腦容量、能夠製造更為複雜的石器，並且能夠用火煮食。這些人並且開始走出非洲大陸，足跡遍佈歐亞大陸。

再過來，到了距今大約二十萬年前，直立人在非洲演化成智人（Homo sapiens）。他們的體質已經與現人無異，是現代人的直接祖先。有些學者根據DNA分析的證據，認為世界上所有現代人類都是源自非洲的早期智人。他們大約從十萬年開始，再次離開非洲，向外遷移擴散，終於佔居了世界的各個角落。但是也有許多學者不同意這種看法。

＊有關化石人類的年代，目前尚無一致的看法，這裡所說的年代也許與本書中所使用的年代略有出入。

在歐洲、中東和北非地區，早期智人衍生出兩個主要的人群，一群稱為尼安德塔人（Neanderthal man），另一群就是智人。但是兩者之間的關係究竟是屬於不同的種，或是亞種，至今並未能完全確定。

早期智人的腦容量已經達到現代人的標準，文化更為複雜而且變遷快速，不但能製造和使用多樣的工具，同時也發展出抽象思維、計劃、發明和象徵行為的能力。值得注意的是：大約在從三萬多年前開始，在歐洲的許多地方，特別是在法國南部和西班牙，出現了令人驚嘆的洞穴繪畫和雕刻。我們無法理解何以當時的人類會在幽暗的洞穴深處作畫，而且所畫者主要是動物。一個極為可能的解釋：它們可能是要表現一種狩獵巫術。

第四個轉折是：到了更新世（Pleistocene）結束，從一萬多年前開始，人類的文化產生了一個巨大的變化，那就是：人類不再只能依賴自然界的食物來源，而可以利用自然之資源和技術發明，來生產糧食和畜養動物。影響所及，不僅是世界上的人口數目大量增加，而且人類的生活方式也產生了明顯的改變。由於以小部分的人力從事農耕和畜養，就可以維持更多人的生活，所空餘出來的人力和時間，就可用於基本生活以外的活動，包括燒陶、織布和生產其他工藝品等。於是逐漸形成了工藝專業化的現象。此外，隨著農業生產的需求，長期住，形成了村落，並且發展出維繫村落生活的社會制度；而在宗教方面，也出現了各種用來保護村落和祈求豐收等的神祇。這些變化對於人類發展的影響實在是太大了，因此，英國著名的考古學家柴爾德（V. G. Childe）將之稱為「新石器革命」（Neolithic Revolution）。

新石器時代人類的生活方式變化得非常快速的，而且愈來愈複雜，到了三、四千年前，在中東地區不但早已出現了城市，也發明了書寫文字，青銅成為製造工具的主要材料，社會中出現了明顯的階級和社會分工，市場經濟取代了以物易物，律法和軍隊用以維繫和保護日益複雜的社會，於是人類的社會進入了國家的型態。

其實人類的歷史就像一齣精采的大戲，其中的重大轉折，有如一場場高潮迭起的劇幕。下面就讓我們透過三位學者一問一答式的對話，來觀賞這齣大戲中三場劇幕的精采劇情吧。不過當您觀賞完了這齣戲，請您閉上眼睛想一想，人類經過數百萬年的演化而到達今天這種境地；然而，這樣一個漫長而無止境的演化，究竟是把人類帶向進步，還是退步？

目錄

序言

突然之間，人類……在不算太久以前的某一天，這隻奇怪的動物突然和他的同伴不一樣了。他擺脫大自然的束縛，他馴服、佔有和改變了大自然。他發明了夫妻、家庭和社會關係，甚至還發展出權力、愛情、戰爭……為什麼呢？他哪來的探險精神和征服慾望？沒錯，為什麼是人類？我們又是如何成為人類？

我們原本以為人類的起源不過如此而已，我們一直認為對自己的原始祖先已經夠了解了，我們總是以高傲的態度看待他們，覺得他們簡直就是一些既粗魯又落伍的野蠻人……如今科學上的新發現倒是讓我們大吃一驚：我們的本質——我們的外貌、遺傳特徵、聰明才智，還有我們的文化、我們的行為、生活方式和想像力，全都來自於幾千年前的老祖先。自此，我們的身份並沒有多大的改變。就某種層面而言，我們還是史前時代的人類。

在《最美麗的世界故事》（*La Plus Histoire du monde*, 1996, Seuil出版社）一書裡，埃貝爾·希維（Hubert Reeves）、若埃爾·德·荷斯內（Joel de Rosnay）和依夫·柯本（Yves Coppens）已經告訴過我們：從一百五十億年前開始，人類隨著宇宙和生命的演變，例如：原子、分子、星辰、細胞、活生物和我們人類等，逐漸從簡單進化到複雜的個體。這樣的演變讓我們不禁想問自己：我們到底是從哪裡來……從宇宙大爆炸到人類智慧的發展，整個過程就像一條環環相扣的鎖鍊。我們不僅是從猴子和細菌演變而來，也是從星辰和銀河演變而來。

在本書中，我們所要描述的就是這樣一段迷人的史詩。在那一段人類的聰明才智取代物質的決定性時期裡，所有的事情演變迅速。最早的時候，世界上只有一種以狩獵和採食維生的人類，他們差一點兒就銷聲匿跡。因此，就某種意義而言，我們都是歷史考驗下的倖存者……距今十萬年，這一批統治了整個地球的冒險家，人數開始遞增，而且創造了一系列前所未聞的發明：藝術、祭典和宗教。之後，大約在一萬二千年前，他們過起了定居、農業和畜牧的生活，繼而形成了財產制、貴賤階級和男女不平等等現象……此時社會結構大致已經形成，不久後國家制度興起……這一切就像是個結構完整的大齒輪，將人類帶向一發不可收拾的文明世界。

在本書裡，讀者可以發現科學和信仰的某些相似性，例如，《舊約聖經》裡提過宇宙大爆炸（「天主說：有光！」），至於人類的起源故事也總是穿插著美麗的古老傳說。閱讀這本書將可以發現舊石器時代的大草原曾經是地球上的一小塊天堂；還有那一群人類的領導者，原來在《聖經》裡早已提過……但是，我們要再重複一次：宗教來自於信仰，科學來自於事實。兩者互不衝突。

本書的內容涵蓋大量的新發現。過去我們一直以為已經發掘出一切關於人類最基本的秘密，已經把整個地球找遍了，把所有的土地翻爛了，把所有的岩洞探勘清楚了……然而，近幾年來，我們不斷地找到令人驚艷的新發現：大量的化石、前所未見的岩洞、建築和村落古蹟，這一切都讓我們眼界大開。考古學也出現了新的方法：今後，我們再也不放過任何蛛絲馬跡。我們徹底研究每一根骨頭化石、每一塊木炭殘渣、每一顆花粉和每一粒種子。有時候連古老的木炭餘燼都可能幫我們重新拼湊出祖先們的飲食習慣、居家生活和環境景觀，甚至了解他們的社會關係……

除了考古學之外，大量的現代學術研究也為我們帶來不少的幫助，例如生物學家發現了染色體，他們從基因的基本結構，研究出人類進化的過程；物理學家運用大量的粒子加速器，查出洞穴壁畫上某些原子存在的年代；語言學家建立了語言發展系統；人種學家從地球的農作物裡，猜測以前人類的生活習慣和信仰……還有植物學家和神經心理學家、動物學家，甚至藝術家等……從此以後，經由所有人的共同努力，我們對自己過去的歷史有了新的了解和看法。

請各位讀者放心：儘管科學的發現令人嘆為觀止，但是我們在本書中不會使用艱澀難懂的科學字眼。和前一本描述世界歷史的書一樣，不管男女老少，不管學識多寡，本書適合每一個人閱讀。本書的寫作風格很簡單：我們將提出一大堆的問題，特別是一些最基本的問題，例如那些小孩子們最喜歡問的問題，因為通常那些問題都是最重要的。我們不僅要問科學家們知道些什麼，我們還要問他們是怎麼知道的。

這一本人類的故事將分成三幕，分別描述人類的三個成長過程——屬地之爭、想像之爭和權力之爭。我們將與三位在這方面的權威專家進行對話。最偉大的學者通常也最懂得推廣知識，或許是因為他們知道如何以保守的態度進行研究工作，從中找出最正確的答案。這樣的專家世界上少之又少，我們的三位對談者恰巧就是箇中翹楚：他們都是世界上享負盛名的科學家、優秀的人才兼說故事高手。有一年夏天，在某個村落的考古工地上和在探究某些神秘岩洞的秘密過程中，他們開始了這樣無拘無束的對談。本書是我們幾位朋友投注了共同的熱情、幽默和帶點兒感動的心情所完成的友誼著作。

本書的〈第一幕〉從人類誕生的草原開始，這個時候還是動物的人類開始希望和他的那些猴子表兄弟們有所不同。是因為好奇心的驅使嗎？還是有此需求？於是，第一批狩獵兼採食者離開了他們的非洲老家，過起流浪者的生活。征服了土地之後，人類的族群愈來愈多，愈來愈分歧，膚色愈來愈不相同，連語言也愈來愈多樣化。那是人類和種族的春天。大家已經開始雜交，過起世界大同的生活……

於是，突然之間，大家團結一致。基於共同的相似性，人類發明了共同的生活方式、傳統文化和行為態度。他們如何脫離動物世界？為什麼彼此之間不盡相同？物競天擇的條件有哪些？今日的科學家告訴我們，種族其實是無法劃分的，因為種族的觀念並沒有明確的定義。每一個人身上都有和他人相同的基因。但是，為什麼還會有白人和黑人之分？這樣的差別是如何造成的？當然，這些問題都不容易回答。

安德烈・郎嘉內（**André Langaney**），他向來都很有研究精神，小時候的志願是希望將來能夠成為動物園的管理員，好好記錄螞蟻和蝸牛的生活。之後，他很快地便發現自己對長得像動物的人類也很感興趣。他是遺傳學家，也是人類學專家，更是率先以生物學的現代方法研究人類歷史的學者之一。只是單純地研究試管裡的人類基因並無法滿足他的求知慾，於是他開始到某些較具代表性的地方去採集基因，當然包括塞內加爾東部和格陵蘭的居民。我們的這名研究員在美國學得新穎的技術之後，曾經在巴黎人類博物館裡擔任要職，並曾任教於日內瓦大學，他的為人個性坦率，口直心快，並且隨時都準備接受挑戰，以免讓科學淪為區分或歧視人類的藉口。

至於〈第二幕〉裡，則談到人類開始抬起身體。他們仰望天空，追問自己的過去，嚮往地平線外的世界。比高更、秀拉和畢卡索早三萬年，人類早就拿起木炭、顏料和畫筆，走到岩洞的最遠最深處，去訴說他們的信仰和畫下心中的想法。直到今日，我們才了解我們祖先的作品有多麼璀璨。他們以同樣的熱情妝點洞穴裡的岩壁，他們尋求與岩洞裡的神靈溝通，期望走向岩洞背後的另一個世界。祭典和宗教就是在這種藝術和美麗的氣氛下發展出來的。

人類的想像力也是在此發跡，在今日我們不斷發掘和探勘的神秘洞穴聖殿裡。為什麼人類會想要畫畫？為什麼藝術會誕生在黑暗的洞穴裡？那些謎樣的野牛和石雕的馬兒到底是要獻給哪些神祇？那些史前時代的象形文字又在向我們訴說些什麼呢？

尚・柯洛特（Jean Clottes），他是文化資產館館長，世界級的洞穴藝術專家，長久以來便努力試著揭開我們祖先的想法，而且成功了。他花了大半輩子的時間待在黑暗的岩洞裡，潛心研究最古老的人類化石。他對尼歐（Niaux）、科斯格（Cosquer）和梭維岩洞（Chauvet）瞭若指掌，他細心地呵護它們，甚至擔任國際岩壁藝術委員會主席。他也是從小便流露出對考古的興趣：當他還是個小孩，便經常跟著同樣是著名洞穴學家的父親，進入奧德（Aude）和阿里埃日（Ariege）岩洞。他所發掘的第一批人類骨頭——高齡四千歲而已，小意思啦！就這樣改變了他的命運。他對人類過去的歷史如數家珍，而且知無不言。當然啦，他的知無不言可是帶著濃重的口音。

在〈第三幕〉裡，一個想法竟然改變了整個世界。距今一萬年前的這個想法到底是怎麼產生的呢？不再聽命於大自然，不再賣命捕捉野生動物，人類知道自己可以控制大自然，而且勇敢地採取新作為：他們撒下第一顆種子，畜養第一隻綿羊。這就是革命！全球的人類停下腳步，開始拓墾土地，定居在同一個地方，建造第一批房子和村落。他們徹底改變對世界的看法，連生活方式也變了。從此以後，他們過起有組織的生活，他們推選首領，開發疆土，鞏固權力。這就是統治權的由來，國家的濫觴……

我們的文化就是在幾千年前的這個大熔爐裡鍛鍊出來的，而且至少持續到十九世紀的工業革命為止。為何我們祖先的這個想法會同時出現在地球上幾個地處不同的先驅家庭裡？為何這樣的想法又會在後來的日子裡，從近東地區「傳入」歐洲？為人類帶來大轉變的智慧進化有其邏輯可循嗎？定居生活必然會產生權力制度嗎？

尚・紀藍（Jean Guilaine），他是法國法蘭西學院教授，他比誰都清楚決定人類命運的「新石器時代運動」對人類所造成的重大轉變。誠如他自己所言，在他的孩提時期，終日沉浸在鄉野的環境裡，生活在大自然當中，所以對歷史特別感興趣。十八歲的時候，他造訪了僅有的幾處新石器時代遺址，從此奠定了他的人生方向。他是世界知名的新石器時代專家，幾乎跑遍了整個法國南部，探勘最早的人類村落遺跡，重新架構第一批過著定居生活的人類的生活模式。對他而言，研究人類的歷史就是了解我們現今的行為和得知自己真正身份的最佳方法。

因為，事實上，今天我們還停頓在這裡，停頓在新石器時代。幾千年前人類開始墾荒的這個大工地才剛剛完成：地球被征服，野蠻世界被控制了。人性化世界中的「人工化」已然完成，再也沒有另一個美洲可以去發現，沒有新的土地可以去征服。這是大自然的末日，至少是它的歷史的結束。或許也是另一個進步的結束。

當然，從我們的祖先以降，世界的面貌早已不同：從此村落全球化，空間世界化，時間瞬息萬變。人們不再交換燧石，而是資訊。地球變小了：我們可以透過衛星觀看地球，一窺它的全貌……但是，從史前時代開始，我們真的有進步嗎？如果我們的技術、知識和對世界的看法不斷地進步，那麼我們的價值和我們的「人格」，就哲學的角度而言，也有同樣的進步嗎？就本世紀而言，雖說是個知識爆炸的世紀，卻也存在一些前所未見的野蠻行為，所以不得不讓人懷疑。我們將在〈後記〉裡探討這個問題。

所以，大自然結束了。大地的探險也結束了。但是，人類的歷史絕對還沒有結束。男人和女人的歷史才剛開始而已。從此，地球屬於人類所有。人類的使命終於完成了。那麼，現在，我們該怎麼做呢？在有限的世界上我們能夠有什麼發展呢？還有什麼新的進化想法可行呢？我們該如何追隨這一段歷史，才能夠讓它依然或者變得更美麗呢？這些問題都亟待解決。

隨著本書的發展，我們得知：了解人類的過去可以讓我們得到一個新的想法。或許我們應該再完成另一場知識革命，一場至少和新石器一樣具有決定性力量的知識革命？我們知道人不可貌相，因為在我們文明的外表下，包藏著一層來自遠古的老皮囊。靈長類動物就活在我們身上，牠們只是睡著了而已。大家千萬別忘了：我們永遠都還活在史前時代裡。現在我們應該知道要如何進行改變。

多明尼克・席孟年（Dominique Simonnet）

第一幕　屬地之爭

第一場　成長的土地

很久很久以前的一個夜晚，在某個地方，有隻怪異、蠢動不安的猿猴，努力地想掙脫動物世界。在牠的內心深處，在牠的細胞核裡，人類命運的雛型已然悄悄誕生。

人性動物

多明尼克・席孟年：儘管地球的形成歷經了幾十億年的時間，之後在這個宇宙世界的小角落裡誕生了獨一無二的生命跡象。但是，直到三百萬年前，地球上才出現人的蹤跡，而我們的遠祖「人類」開始在地球上活動，也只不過是十萬年前的事情而已……假如我們把本書中即將描述的人類故事，和盤古開天以來的世界歷史做個比較的話，這個故事只能算是人類故事裡的一個小篇章。人類爲什麼會演化？今天我們是否

已經解開人類如何脫離動物世界的謎團了呢？

安德烈・郎嘉念：人類並非像我們常說的一樣，是由猿猴演變而來的。人類根本就是猿猴。假如說從盤古開天到地球上出現生命現象，世界歷史有其脈絡可循的話，那麼，在我們的靈長類祖先和我們之間，也有脈絡可循。對化石的研究，讓我們早在十九世紀便得知此事，今天更可以透過遺傳學得到證實。原來我們身上的基因，那些存在人類細胞裡的染色體，就是影響我們成為「人類個體」的決定因素。然而，人類的基因並非完全與眾不同。大部分的人類基因和黑猩猩的基因一模一樣，某些則和蒼蠅或法國梧桐樹相似！事實上，我們是其他靈長類的近親，也是哺乳動物和所有生物的近親。

那麼，是什麼原因讓大家變得不一樣呢？是什麼原因讓我們成爲人類呢？

那個讓我們與眾不同的原因，說穿了就是只要基因中有一個微小的差別，結果便會出現極大的不同，它可以改變人類的頭腦，甚至讓人類擁有一些其他動物所沒有的能力。但是，其中的差別果真如人們所說的那麼大嗎？例如，我們總是低估了黑猩猩的能力。

怎麼會呢？

黑猩猩會使用石器，有時候還會把石器保留下來重複使用，或者，牠們會用自製和不斷改良的木棍捕捉白蟻……而且早在我們之前，牠們就已經發明了可射擊的武器；牠們也懂得如何丟擲石頭……這些器具和原始人所使用的石器相似，外型都是尖銳的稜角形……

文法萬歲！

那麼，眞正的差別在哪裡呢？

其實，真正讓我們和其他生物有所不同的地方，就是語言：我們會依據文法規則，將單字組成句子，如此一來，句子便有了意義，不再只是單字之間的簡單串連。這是一種具有單字和文意「雙重組合功能」的語言，唯有人類的頭腦才有這種溝通訊息的能力。事實證明某些大型的猿猴可以認得上百個單字，有些黑猩猩甚至還認得九百個單字。但是，牠們就是不懂得如何造句。

或許是我們不懂得如何教育牠們吧？

或許吧……然而有人曾經花了許多時間，就是教不會牠們如何將兩個以上的單字組合在一起。此外還知道，牠們的頭腦構造和我們的不一樣，牠們的頭腦裡面沒有那種專門負責處理語言的區域……猿猴擁有記憶力，牠們認得單字，但是實驗證明，牠們不懂得文法。

連一點點兒都不懂嗎？

不僅是靈長類，自然界裡所有的動物都擁有十分複雜的溝通方式。例如藍雀，這種體型嬌小的鳥類可以發出五十種不同的叫聲，每一種叫聲的含意各不相同；但是這些叫聲並不是句子。語言學家發現動物叫聲所傳達的訊息和人類擁有兩種組合功能的語言之間，完全沒有任何相連性。它們不是前者就是後者，不是有文法就是完全沒有文法。為什麼呢？無解……我們甚至想不出任何假設可供進行研究。

所以，文法是人類的偉大專長！這眞是驚人的發現！

沒錯。我經常這樣告訴小朋友：「假如你們不學文法的話，你們這輩子只能當猿猴！」我們知道有些人的生長環境無法讓他們學習自己的母語，例如：那些被賣到禁止使用母語，整日只能生活在英、法文化體系裡的奴隸。他們的第一代因為完全不會說統治者的語言，於是發明了一種四不像的語言，一種擁有自己專屬文法的語言。到了第二代，這種四不像的語言更演變成一種內容五花八門的混血語言。所以，看來似乎只有人類的頭腦才擁有語言能力，而且只要學會了足供表達的單字，我們便可以發揮此本領。

從極圈地帶到撒哈拉沙漠

對您而言，這一點是人類生而爲人的唯一特點嗎？

還有第二個特點，應該和第一個特點有關：人類會因為天賦不同而有所不同。在自然界中，同一種動物一定生活在同樣的環境裡，牠們在同樣的環境裡過著同樣的生活模式。因此，不管生活在地球上的哪一個地方，同一種動物的所有族群一定具有相同的生活習慣、相同的生活方式、相同的飲食態度與相同的社會組織……牠們會遵守某些生理和生活條件的約束。例如，某些猿猴屬於一夫多妻制，所以，只要是該品種的猿猴便都屬於一夫多妻制；另外有些猿猴則實行一夫一妻制，例如長臂猿，那麼所有的長臂猿便都是一夫一妻制等等。除了一些小差別之外，尤其是黑猩猩，同一種動物都會遵守該族群的基本規範。

只有人類與衆不同？

對。我們可以生活在極圈地帶，也可以在撒哈拉沙漠裡過日子；我們可以住在海邊，也可以住在陸地上。我們發明了社會組織，從此各個人群和種族過起截然不同的生活。於是人類便區分成幾千個種族，不再像其他的動物一樣，必須依照生理條件過生活，而是學習過生活。此外，人類還了解許多不同的生活習慣、社會組織、環境等……

文法和天賦讓我們與衆不同，這就是我們不再是猿猴的眞正原因。我們從什麼時候開始具有這兩種能力呢？

天曉得……我們的腦袋從什麼時候開始具有這些潛在能力？這些能力是否早已存在，只是沒有被發掘利用？原始人是否具有和我們一樣的表達能力？或者他們也會說些簡單的話語？沒有人知道。這段歷史完全無法考證。

使用工具不能被視爲是一個關鍵性的發展嗎？他們總得需要溝通才有辦法學習打造石器和教導其他的同伴吧？

某些人如此認為，其實不然。動物之間的溝通無須仰賴語言，牠們天生具有模仿和學習特殊技巧的能力。相反地，當我們知道早在十萬年前，巴勒斯坦的人民即懂得替死者舉行葬禮之後——在他們的棺柩裡發現了一些花粉和鹿茸做的祭品，很難相信這些儀式可以在沒有語言的情況下進行。因此，語言的出現應該在兩個時期之間：一個是大約在七百萬年前，當猿猴和人類由同一個祖先分成兩個分支的時候；另一個最遲在十萬年前，當藝術、禮儀祭典和宗教活動開始興盛的時候，當然，舉辦這些活動一定少不了語言。所以，語言的取得可能經由兩個階段：首先取得語言能力，然後加以運用。但是，不管是研究化石的古生物學家，或者是研究遺傳的生物學家，都無法提出一個確切的日期。

我們的鄰居祖先

那麼就讓我們從頭談起吧。七百萬年前，我們開始在地球上寫下人類的歷史：可能是從非洲東岸的大裂谷（Rift Valley）附近的某個地方開始。正如在《最美麗的世界故事》中，和依夫・柯本所談到的情形一樣：經由同一個祖先，我們從此地開始和猿猴分道揚鑣。請再描述一次那個小動物的模樣。

就像你所說的一樣，牠的個子真的很小。這是哺乳類動物在演化過程中常見的現象：一般而言，牠們的祖先沒有什麼特別，但是比牠們的後代矮小。猿猴和人類的共同祖先應該也是比牠們的後代南方古猿（australopithèque）矮小，依據後者所遺留下來的骨骸判斷，牠們的身高大約是一公尺，雙腿應該已經很長，圓形的頭顱下有一條脊柱。就像其他的小動物一樣，為了躲避侵略者，牠們很可能是夜行動物，而且在陸地上行走時，也許已經可以直立而行。

牠們的後腿已經可以站立了嗎？

沒錯。由此可以再次證明「人類是由猴子演變而來」的說法是個錯誤。一般人認為人類的遠祖是一種脊柱橫擺，走起路來身體會左右搖晃的四腳動物，而且頭顱前部明顯地往前突出……其實牠是一種小型的靈長類動物，會沿著樹幹往上爬，或者用一雙前腳在樹枝間邊跳邊往上爬；然而，就像長臂猿一樣，圓形的頭顱下有一條垂直的脊柱。

站立的姿勢是演化的原因還是結果？依夫．柯本曾經提出此一問題。依您所見，用後腳站立就可以算是人類嗎？

依我所見，雙腳直立當然可以說具有人類的特性，但不能說雙腳直立就是人類。特別是，我不認為牠們的智力有什麼進一步的發展或者擁有語言能力。應該說，人類是從一種已經會雙腳站立，但不太會爬樹的攀爬動物演變而來。之後，那些和露西（Lucy，古生物學家為一具南方古猿遺骸所取的名字）一樣經常在樹枝間跳上跳下的南方古猿，應該也是雙腳動物。

之後，兩者的歷史發展愈來愈不同，源自於同一個祖先的後代就此分道揚鑣。其中一支變成了現在的猿猴，另一支變成了人類的祖先。人類對這個大事件有多少了解呢？

我們可以說，源自於同一個祖先的後代，後來分成了三個分支：一支是後來的大猩猩，一支是黑猩猩，另一支才是人類。

您有什麼證據可以證明嗎？

大家都知道我們細胞裡的染色體是由DNA所組成，DNA則是由一些束狀的雙股螺旋形分子結構，以十分複雜的方式結合而成。我們可以在實驗室裡，以兩股取自兩種不同的動物身上的簡單螺旋形DNA做實驗，觀察它們之間是否「相識」，也就是說，是否可以像一條拉鍊的兩邊一樣，自動找出對方，然後組成一些雙股螺旋。我們所得出的結果是：人類DNA和兔子DNA的「相識」度是百分之八十。人類和黑猩猩的比對結果更叫人吃驚：人類的DNA幾乎百分之百和黑猩猩的吻合（千分之九百九十九）。其結果證明兩者真的很相近。其他的實驗結果也是一樣。

可以再解釋清楚一點兒嗎？

從此，生物學家可以用圖形畫出生物染色體的樣子。作法是，先抽血培養細胞，經過一系列的化學實驗之後，替細胞核內的染色體標色，最後再用高倍速的光學顯微鏡拍攝下來。

這些可以說就是生物的基因照片？

可以這麼說。這些照片可以用來分析染色體的細部結構，於是我們發現人類基因的排列方式幾乎和黑猩猩的一模一樣，但是染色體的位置不一定相同，兩者之間有九個地方明顯不同。例如，人類的第二組染色體，在黑猩猩的體內分開成兩個不同的染色體。

這樣的結果很有趣，但是有什麼意義嗎？

這說明了染色體在演化的過程中，有時候會斷裂，其中有些染色體會分開或重新組合……於是便出現不同的物種。只要比較所有靈長類的DNA，就可以確定在哪些分支裡有這些變化出現。人類、黑猩猩和大猩猩的身上有某些一模一樣的染色體；人類和黑猩猩也有其他一些相同的染色體，但是與大猩猩則不同；另外還有一些染色體則只有黑猩猩和大猩猩才有……

所以結論是？

這說明了衍生自同一個祖先的三支後代，也就是史前人類、史前大猩猩和史前黑猩猩，仍繼續進行交配……

也就是說，繼續雜交，繼續一起生小孩？

沒錯，至少在牠們分門別類之後仍持續了一段時間。依據兩名法國學者貝納・杜特立羅（Bernard Dutrillaux）和尚・夏林（Jean Chaline）的研究結果，最簡單的假設是，這三個家族各自據地為王、比鄰而居之後，最常進行雜交的其一是相鄰的史前黑猩猩和史前大猩猩，另一則是史前人類和史前黑猩猩。

舊石器公園

根據鑽研古生物遺骸的古生物學家所言，史前人類是大約生活在六百萬至三百萬年前的南方古猿。那麼遺傳學家的說法呢？假設有一天我們在某個遺骸上找到了一點

兒DNA，就像電影「侏羅紀公園」中所演的一樣，這些DNA是否可以替您解開一些有關人類遠祖的秘密呢？

了解人類祖先的DNA排列順序當然很重要：我們可以由此知道物種是如何分家，知道我們今日的共同點是源自於哪一個祖先……但是從恐龍身上採集DNA，就像在「侏羅紀公園」中所看到的，畢竟只是電影情節，沒有科學根據。唯有從乾燥的皮膚、木乃伊身上和某些骨頭等，而且年代不能夠太久遠，才可能採集得到DNA。

也就是說？

不能超過幾萬年，否則骨頭就鈣化了。例如，據說在著名的南方古猿露西的身上，已經找不到任何一塊骨頭，因為全都成了化石！每拿起一塊牠身上的「骨頭」，便會被其重量嚇到，因為我們直覺地以為那些骨頭應該不至於那麼重吧。我們在露西身上完全找不到任何DNA或蛋白質。

較新的骨頭上找得到嗎？

可以。有幾位學者專門研究幾千年前的木乃伊DNA，以及在佛羅里達的泥炭層所發現、距今約八千年至九千年前的印地安人頭顱。從此，人們得以順利地研究某些基因。可惜沒有什麼新的收穫：此研究只證實他們和現今住在美洲的印地安人有關，僅此而已。

人類細胞中的化石

所以我們在南方古猿的遺骸或者牠們的後代——人類，也就是依照出現的時間，首先是能人（Homo habilis）、再來是直立人（Homo erectus）、之後是人類的身上，並沒有找到新的發現？

很少。我們曾經從一種被認為早已銷聲匿跡的著名人種，也就是一個尼安德塔人（Néandertalien）的身上採集到部分位於細胞核外的DNA「粒線體」。這三百對基本粒線體的排列方式（人類的身上有三十億對），和現今人類的基因組合方式不同。或許這樣的排列方式依然存在於我們體內？沒有人知道。總之，與我們從當代人身上所分析得到的結果不同。但是，我們只研究了五千個人，而你知道嗎？世界上總共有六十億的人口。

我們的細胞裡還有老祖宗的基因？

我們的細胞裡含有一部分個人的基因，和一部分由遠古遺留下來的人類基因。所保留的這些老基因，曾經在我們祖先身上扮演過重要角色，而在我們身上不是沒有作用，但就只是存在過一段時期。

譬如說呢？

當我們還在母親的腹中，還只是三個星期大的胚胎時，我們身上的某些基因會讓我們有條尾巴、有魚鰓般的裂縫，之後這些東西全又消失不見。我們也知道所有的腫瘤都是由細胞裡不正常的基因物質所引起：嗯，某些腫瘤裡的基因會甦醒，製造毛髮或皮膚，甚至製造一些有害的組織細胞。可以想像，某些來自我們祖先的基因，從此以後帶著原本的特性依存在我們的染色體裡，甚至存在某些人的體內，繼續發揮作用……事實上，最好的DNA化石，就在我們自己的身上，在我們的細胞裡。

人類就是喜歡分家

在此情況下，我們很難清楚地分辨各自不同的祖先，以及他們的後代。

事實上，我們無法清楚地說明人類的定義。我們很難分辨生活在距今三百萬年前的第一位能人和某些南方古猿之間的差別。分辨人類和其他物種之間有何不同的生物標準，尤其是一起生育後代的可能性，完全不適用在這兩者的身上。他們之間的文化區隔也很模糊。依夫・柯本在《最美麗的世界故事》中曾說，南方古猿可能已經會使用工具，他還說最原始的人類應該只有一位。經由不同的階段，這位最初的人類才從直立人變成人類，再逐漸轉變成現在的我們……其他同樣深受敬重的古生物學家，例如任職於美國博物館的依安・塔德沙（Ian Tattersal），則提出不同的說法。他認為最初應該有幾十種不同的人類存在，之後全部消失了，只剩下一種，也就是我們……關於這兩種說法，很難說誰對誰錯。

難道沒有任何化石可以讓我們窺探出一些跡象嗎？

沒有，人類的化石少得可憐，我們需要更多的化石，才能夠做出可靠的假設。目前，只擁有兩具距今大約三百萬年至十五萬年的遺骸，所以我們根本無法得知曾經生活在這三百萬年間的各個族群，以及他們彼此之間的關係。

所以，我們可以想像，從一開始，世界上便有各種不同的物種或屬別的人類。

誰敢說呢？假設我們的後代發現了一具身高大約一百四十公分的愛斯基摩遺骸和一具身高超過一百八十公分的圖西人（Tutsi）遺骸，那麼未來的生物學家很可能因為他們身高不同，就斷定兩者屬於不同的類別，就像現今某些古生物學者一樣，錯得離譜……

據說任兩個族群只要開始無法一起生育後代，便可以說兩者不同，是嗎？

沒錯。然而，我們知道現今的人類，不管是圖西人或愛斯基摩人，儘管彼此之間很不相同，但還是可以一起生育後代。今日世界上的人種多得數不清，但是他們全屬於同一個物種。儘管過去存在多種史前人類，但並不表示他們就是不同的物種，當然也有可能是。

不管是單一或多種，總之現今存在的人類誕生於非洲。

好像是吧。但是情況很快就改變了。人類於不久後便分道揚鑣、自立門戶：人類往外擴充屬地的次數可能不只一次。

第二場　物種歷險記

他們開始對地球展開長期的征戰之旅。人數雖然不多，但是膽大勇猛，這一批最早的征服者邁步往前探險統治了人類幾千年的大自然。

首航之旅

再見了，家鄉！那些南方古猿的後代，那些住在非洲的人類，一些眞正的人類，有一天，他們其中一些比較有膽識、比較好奇的傢伙，遠離家鄉，前往外地探險。是這樣嗎？

沒錯。古世界的探險從此展開序幕。從一百五十萬年到五十萬年前，人類——也就是古時候的直立人，離開他們的原始居住地向外探險。但是因為我們所找到的有關這個時期的化石並不多，只能得知其中某些直立人的起源地和時期。

但是，這一小群人類全都來自於同一個地方，來自於西非，這是千眞萬確的事情啊？

總之，我們不曾在別的地方發現過他們的蹤跡。應該說，我們不曾在其他陸地做過同樣徹底的蒐證工作。為什麼我們會對非洲東岸的大裂谷那麼感興趣呢？理由很簡單，因為那是個很大的峽谷，裂開後可以看到四百萬年前的古斷層。其他的大陸，不管是亞洲、大洋洲或者歐洲，我們得挖開大約三公里深的礦脈才看得到同時期的土地斷層！

這個人類的故事就像在「路燈下找鑰匙」。「你確定鑰匙眞的掉在這個地方嗎？有人問他」，「不確定，那個人回答，但是這裡有光啊。」

一點也沒錯。但是，現今所有的資料都顯示人類祖先的確來自東非那個地區。

於是，我們的祖先就這樣揹起行囊，出發探險去。這得花很長的時間呢？

白天裡，那些獵人兼採食者可以旅行五十公里，假如他們願意的話，甚至可以走得更遠。現在讓我們來計算一下。假設他們一年只旅行三百天，然後休息兩個月……那麼，他們一年便可以走一萬五千公里。然而，直立人在地球上生存超過一百萬年，所以他們大有時間可以在各大洲之間來回旅行好幾趟。

您知道他們旅行的動機嗎？

或許他們只是單純地想那樣做吧？或者，更可信的說法是：他們不得不遷徙，以便尋找新的生活資源。因為在那個冷熱交替的時代，植物生長區域的緯度變動有時候會相差三千公里！所以，當時的人類只好餓著肚子，隨著其他動物一起遷徙，一邊找尋可以賴以維生的植物。

我們可以想像那樣的旅行一點兒也不輕鬆……

我們的祖先經常遇到一些地理障礙：有時候是沙漠，有時候是海洋。但是，在某些時期，這些地理障礙反而救了他們一命。例如，印尼在冰河時期原隸屬於亞洲陸塊，所以早期的直立人可以從亞洲南部直接步行到爪哇。大約在五十萬年前，非洲、中國、印度和歐洲都曾出現過直立人。他們老早就征服了舊世界。

重返原始小茅屋

可惜，爲期不久。可憐的直立人，儘管他們的戰績豐碩，終究還是銷聲匿跡了。

您知道是什麼原因嗎？

也許他們曾經和他們的後代，也就是人類，一起生活過一段時間，但是我們還不確定。光憑三十幾顆骷髏頭，怎麼可能拼湊得出長達五千個世紀的人類歷史呢？況且，人類學家之間的看法也不一致。依據某些古生物學家的說法，部分化石來自於正在現代化的直立人。其他古生物學家則認為，這些化石根本就是現代人類的遺骸。

眞複雜……

是啊。事實上，我們現在只找到一具完整的直立人遺骸。那就是在非洲圖爾卡納湖（Lac Turkana）邊，生活在一百六十萬年前的著名的年輕人遺骸，與生活在史前時代的露西遺骸幾乎一樣完整。我們總共發現了十幾個距今二十萬至十萬年前的化石，但是我們相信其中只有三個地層留有現代人的遺骸：一個在巴勒斯坦，大約距今十萬年；另一個在衣索比亞，但不確定是否為現代人的化石（大約距今一百萬年至十三萬年間）；第三個在摩洛哥，然而情況不詳，正確的時期尚待研究。

您的結論呢？

但願我們可以讓現代人，讓那些智人（Homo sapiens），也就是我們自己，重新回到距今大約十五萬年至十萬年前的非洲東北部或近東地區，那個他們生活的地區。

也就是重返原始的小茅屋。但是，爲什麼這個新品種的人類會誕生在近東地區，而不是別的地方？爲什麼有些早已遷徙至其他大陸的直立人祖先，沒有演化成智人？

有些學者大膽推論，出現在中國的直立人就是現今中國人的祖先，出現在非洲的直立人就是現今非洲人的祖先……這真是個荒謬的假設。這個假設認為世界上存在著一種機械性的遺傳工具，它可以讓物種以同一種方式，在同一個時間演化，而且每一個地方的情形都一樣，這和生物學家現今所提出的演化論完全相反。生物學家們認為物種的改變只可能發生在一個地方。

適者生存

因爲依據現今的演化論，會有一小群的物種被隔離和改變而導致新物種的出現。這就是我們所說的「演化」不是嗎？

一般而言的確是如此：一小群的人被孤立，生活在一個與原生地不同的環境裡，被迫做一些遺傳上的改變，使得他們無法與原來的族群一起生育後代。假如他們能夠在新環境裡生存下來，就可以變成新的物種。例如，一些發生在亞馬遜叢林裡的情形。乾季時，某些動物被迫退回到叢林裡的某些狹小地帶生存，被迫過著與過去完全不同的生活。於是，新物種誕生了。等雨季再度降臨時，這些新物種已不同於原來的舊物種，而且再也無法雜交生育。

因爲在此期間，他們的染色體有了改變？

是的。這種情況經常發生。基因和染色體並非銅牆鐵壁。它們會不斷地分裂、黏合、突變、改變，甚至錯誤地複製……即使在人類的體內也是一樣。在不孕症的門診患者裡，我們可以發現那些人的染色體和一般人的不太一樣。假如這些染色體繼續遺傳下去，重組後的新型態將無法和其他人類的染色體結合。但是，仍會有極少的奇蹟出現，因為其中大部分的染色體會慘遭自然淘汰。於是，這些突變的基因為了能夠繼續存活下去，必須趕快離開其他的基因，否則突變種就會被母細胞削弱。但是也有可能會出現例外的雙胞胎物種，例如雙峰駱駝和單峰駱駝，甚至老虎和獅子，牠們還是可以繼續交配，而且牠們的混血後代也可以繼續雜交。但是，牠們都不是真正的物種。

至於我們的老祖宗直立人和智人呢？他們可以像您剛剛提到的那樣進行交配嗎？

完全不得而知。雖然在型態學上說不通，但是假如是一種或同樣的物種，應該有可能。有關兩個物種之間的轉變，最簡單的假設便是非洲的某種直立人可能演化和繁衍成智人，而且原來的物種或許，甚至根本完全沒有改變。在科學研究裡，最簡單的假設往往是最好的假設，而且可以被人接受。

不被賜福的大地

您說現代人起源於近東地區的巴勒斯坦。真是令人疑惑……還有，《聖經》中提過宇宙起源的大爆炸（「天主說：有光！」），所以科學在某種程度上和宗教很相近……

科學和宗教一點兒關係也沒有。千萬別以為可以在聖地（Terre sainte，指巴勒斯坦）上找到人類的起源，或者在土耳其找到諾亞方舟的遺跡。我認為宗教對此抱持兩種態度。持第一種看法的人堅持《聖經》上的說法，堅持以註解解釋事實：這是基本教義派（Fondamentalisme）的想法，以基督的思想為主，由天主教的烏謝主教（Ussher，北愛爾蘭主教）所提出，他在西元一六〇〇年時，推算出上帝在西元前四〇〇四年十月二十三日星期六的上午九點鐘，創造了世界。這完全是無稽之談。某些完整主義派（Intégriste）的猶太教士，企圖重新將人類化石埋回土裡，因為他們擔心這些化石和猶太人有關……這些觀念完全和科學的推論背道而馳。

另一派的看法是什麼呢？

他們認為基本教義派（Fondamentalisme）的理論具有象徵性的意義，主要目的是為了訂定一些行為準則，提出一種道德觀念，建立人與上帝之間的關係，而這些與科學完全沒有關聯。但願這種看法，能夠反過來替歷史提出合理的解釋，能夠為《聖經》加上一些與現代新知識有關的註解。教宗若望保祿二世承認演化理論具有「某種價值」，算是給了這種看法一些鼓勵。

瀕臨絕種的威脅

讓我們再回到科學的觀點吧。原來他們就是那一小群原始人類，生活在近東地區的人類始祖，也就是我們的祖先。有人知道他們的長相嗎？

我們完全無法得知他們的外貌特徵，也無法得知他們的膚色。如果大膽假設他們曾經在近東地區居住過很長一段時間，才適應了當地的生活條件，那麼他們的膚色應該是古銅色或是被曬得黝黑。還有，假如我們認為他們就是現今各種膚色人種的祖先，那麼也就可以認定他們一定具有產下不同後代的能力。

我們對他們還有什麼其他的了解呢？

多虧遺傳學的幫忙，最近發現了一件相當新奇的事情。我們把現在居住在世界各地人類的基因拿來做比較，結果發現整體而言非常相近。我們可以透過電腦，模擬人類祖先的生活條件和基因的遺傳方式。唯一可以解開這種單一基因的說法是，生活在不久前的史前時代的人類祖先，數量應該很少，少到瀕臨絕種的程度。

從一開始就瀕臨絕種了嗎？

一直以來都是如此。還有一些跡象可以證明。通常，物種的體型愈大，數量便愈少。例如大型的靈長類、哺乳動物和鳥類，牠們的數量都不多：最多幾十萬隻，絕對不會超過幾十億。人類就是遵循了大型靈長類的遺傳法則：數量不多。此外，近代人類的化石數量較多，而那些屬於尚未進入農耕生活的舊石器時代化石，由於數量極少，專家學者們特地用保險箱加以保存。

只因爲它們的年代很久遠，不是嗎？或許因爲它們被破壞了，或者因爲以後很難再找到同樣的化石了？

不是。土葬早在十萬年前就出現了，所以遺骸的化石過程和保存條件其實都很良好。假設生活在舊石器時代的人類，已經知道有系統地將屍體毀滅，將死者火葬，將骨頭燒成灰，那麼我們還能從中找出他們當年生活的蛛絲馬跡嗎？當然不可能。我們沒有辦法找到更多的遺骸，因為他們的數量真的很少。

那麼他們到底有多少人口呢？

第二代只有五千至一萬人，也就是說父母和小孩加起來，最多不過三萬人而已……相當於法國阿奎爾市（Arcueil）的人口，但這已是當時全世界人口的總數了，他們有可能集中居住在某些地區。這些現代人類的遠祖，數量極少，而且長久以來一直處於絕種邊緣。

世界上本來不可能有我們？

完全正確。世界上本來不可能有智人。只要這一小群三萬人感染了類似伊波拉病毒或愛滋病毒，或者遭受旱災引起的大飢荒，那麼一切就結束了……我們也就不可能在這裡談論他們了。

第二趟旅程

假如智人也是出現在近東地區或者非洲，那麼他們應該也會像其祖先直立人一樣，出發探險並且攻佔其他大陸。

是的。這是人類的第二次遠征之旅，從十萬年前開始，持續進行了幾萬年。一小群生活在舊石器時代的獵人兼採食者的智人，在他們的祖先直立人第一次遠征後又過了很久，才出發攻佔世界的五大洲：他們在六萬九千年前攻佔了亞洲的中國；大約在五萬二千年前，佔領澳洲的新幾內亞；大約在四萬二千年前，佔領歐洲、被命名為克羅馬儂人（Cro-Magnon）的遺骸可作為佐證……之後，在四萬七千年至三萬七千年間，他們再度征服非洲；至於第一次遠征美洲大約在四萬七千年前，但是沒有成功，第二次則大約在二萬年前。

我想問一個已經問過的問題：我們怎麼會知道這些事情？

很可惜我們對於第二群人的了解少之又少。我們只找到幾具遺骸、兩顆分別在中國和澳洲發現的頭顱，還有幾件不知名的工具和一些說不出名字的活動，這裡一點兒，那裡一點兒……資料不齊。所以，我們必須利用演繹法，再輔佐一些古地理學的知識，重新建構所有事件的來龍去脈，這種科學方法可以幫助我們重建過去在各大洲發生過的事情。例如，大約在一萬八千年前，在那個有很多人研究的時期，我們知道當時的海平面很低；東南亞的一些小島甚至連成一塊大陸，而且人們可以從越南步行到爪哇、台灣或者菲律賓。但是，在帝汶和連結澳洲和巴布亞紐幾內亞的那塊大陸的中間，則出現一條長約九十公里的海峽。

我們的祖先如何穿過那道海峽？

或許是搭乘木製的獨木舟……總之，他們穿越了。我們還知道，當時撒哈拉沙漠的面積比現在大多了，而且在非洲中部有一條狹長的綠洲，兩側是草原地帶，很可能有一小群人就這樣被騙進了這個地區，或許我們還可以在那裡找到一些足以解釋某些非洲族群的特徵的特殊演變原因……事實上，一如電腦上的模擬結果，在那些時期，顯然人類經歷了許多大遷移：當時人類還是獵人兼採食者，過著半游牧的生活，受制於多變的天候的影響……他們的遷移行為可能比我們想像中還頻繁。

歐洲人的祖先是外來民族

當我們的祖先跟隨他們先人的腳步來到歐洲時，被嚇了一大跳：他們發現眼前站

著一種奇怪的當地人：尼安德塔人。後者是從哪裡冒出來的呢？

尼安德塔人並非是無中生有。他們或許是長久以來便聚居在歐洲，但是離群索居的能人；另一種較可信的說法為，他們是一群稍早離開近東地區，在歐洲定居的直立人。

依夫．柯本在《最美麗的世界故事》中提過，這兩種人曾經同居過一段時間。

對。長久以來，我們深信那些在歐洲被稱為克羅馬儂人，被描述成貴族和演化的直立人，是歐洲最古老的人類，而野蠻粗壯的尼安德塔人則不知出身何處。光憑這一點就斷言人類的聰明才智和藝術天份是源自於歐洲，而不是其他地方，真是大錯特錯。因為我們現在知道這兩種人擁有相等的知識，知道他們會替往生者舉行葬禮，會使用精緻的工具，而且在同一個時期擁有相同的文化。還有，在一九八八年的時候，我們確定在近東地區發現了可以追溯至十萬年前的現代人化石，所以過去的理論被推翻了：克羅馬儂人並非歐洲最古老的居民，他們來自於別的地方。因此，歐洲人的祖先原來也是外來移民。

您們的尼安德塔人也好不到哪裡去，他們最後也是消失了。

有些人認為他們被打敗了，甚至被殲滅了。其他人則認為他們生下了矮小的後代——智人，最後被基因同化了……其實無證可查。並非因為我們手上握有一小塊尼安德塔人的DNA，就可以斷定說這兩種人有可能雜交，斷定他們是兩種人類或是同一種現代人的不同後代。而是因為，我們可以輕易地在現代人當中發現一位胖子，或是見到一顆略呈三角形的頭顱。難道這就是基因偶爾作怪的結果？還是尼安德塔人的老基因在這些人身上重現？總之，如果我們在路上遇見了一位尼安德塔人，無可諱言，我們可能會有點兒驚訝，但或許他們和我們這些當代人之間根本沒有什麼差別。

美洲的發現

您說過其他的人類祖先起源於大西洋彼端：那是最後才被征服的一塊陸地。我們知道第一次發現美洲的情形嗎？

大家都誤以為白令海峽上有一條冰河……實際情形並沒有那麼複雜。根據氣象學家所言，海平面每二萬年會下降一次，以前我們可以赤腳從西伯利亞走到美洲。史前時代，美洲可能有幾個地方已經被人類佔領了。在巴西，我們可以找到四萬五千年前的人類足跡。

第一批美洲人後來怎麼了？

不知道。現在的美洲人當中有他們的後代嗎？或者，他們很有可能早已消失了？在這塊大陸上，我們完全找不到二萬年前的人類遺跡。從那一刻開始，真正的美洲印地安人才大批地越過白令海峽，抵達美洲。

早已世界大同

上面提到的那些男人、女人和小孩，他們出發探險，與大自然搏鬥，然後在各大洲定居下來。之後，和他們的祖先一樣，靠打獵和採食維生，在那兒生活了幾千年。

沒錯。這些打獵兼採食民族經常受到攻擊。在那個年代，人類的數量不多，而且分居在不同地區，例如熱帶雨林、沙漠和西伯利亞。很可能有四分之三的小孩，還沒長大成人便已夭折，或者因為乾旱或飢荒而病死或營養不良。

飢荒？那不是一個很富饒的年代，就像我們經常在書上讀到的一樣？

這些打獵兼採食民族必須長期忍受飢荒和生活在險惡的環境裡。直到幾千年之後，農業和畜牧業出現，生活條件才真正得到改善。大約一萬年前，地球上的糧食才稱得上富饒，人類也才得以直接享受其成果，於是人類的數量迅速增加了十到三十倍。各地的情形不同，從最近出土的有關該時期的墓穴和大量的化石便可以得到證明。

直到目前爲止，我們可以說大約距今二萬年前（也就是西元前一萬八千年），整個地球都有人類的足跡？

對。大約在三萬二千年前，世界上四大洲早有人類的足跡，假如我們把第一批美洲印地安人也算進去的話，或許連美洲都有人類居住了。大約在二萬年前，除了太平洋上某些小島之外（人類到了後期才踏上這些小島，例如直到一千年前，復活島才被人發現），人類的足跡早已遍及五大洲，整個地球都被人類征服了。

第三場　人類的春天

我們的祖先在他們所征服的土地上勉強地過著日子。慢慢地，所有的部落開始分道揚鑣，所有的族群開始四分五裂，語言愈來愈分歧。人類的差別於是愈來愈大。

機運決定命運

我懂了!人類征服了地球，從此佔據五大洲。他們全都屬於同一個物種，全都來自於一小群的原始人類，這一點剛才您已經解釋過了。但是，他們卻愈來愈不相同。為何會這樣呢?

即使他們已經佔領了整個地球，但是人類的數量依然很少。別忘了這些出發探險的移民部落全來自於一個人口僅三萬人的小團體，而且在幾千年的遠征途中，他們的數量並沒有增加太多。每一個遠征族群成員的細胞中所含的基因，和他們的原始祖先並不完全相同。

爲什麼？

即使他們擁有相同的基因，但每個人都是獨立的個體，每個人都有自己獨特的基因，一個遺傳自親生父母的獨特基因組合。就某方面而言，人類的每一次遷徙就像經由抽籤決定命運一樣，就像我們在基因庫裡隨機揀選基因一樣。那些基因樣本裡恐怕根本沒有這些最早的獨特基因，基因樣本裡有的可能是最普通的基因，但是比例各不相同。各個向外遷徙的部落擇地而居之後，他們身上帶著專屬於自己的基因，與祖先身上的基因已經不完全相同了，但不是本質的不同——每一個人的基因皆源自同一個基因庫，而是基因的分配和比率不同。於是，慢慢地經過了幾代的演變之後，他們就和原來的祖先不同了。

這些移民分裂成人類之後，連外表也跟著改變？

對，但是基因的作用還是有限。在史前時代，環境也是一個重要的因素，經過了幾代的更迭之後，環境會挑選適合者，唯有能夠適應環境的人才可以生存下來：這就是為什麼人類的外表，包括輪廓、身材、體型和膚色，會出現不同的原因。

但是環境如何「挑選」人呢？以膚色為例，假設最早一批來自近東地區的歐洲人膚色是古銅色的話，那麼他們的後代怎麼會變成白皮膚呢？

想解開此問題，除了研究當今的人類之外，別無他法。當我們把生活在近代、不再進行遷徙的世界人口依膚色做區分時，正好可以得出一張日曬分布地圖：住在日曬較強地區者的膚色較深，住在日曬較弱地區者的膚色較淡。

日曬的膚色

這說明了從前太陽也曾經扮演重要的角色。哪一個呢？

我們得先做一些假設。現在我們知道愛爾蘭或瑞典的衝浪愛好者罹患皮膚癌的機率，比全身赤裸生活在沙漠上的澳大利亞土著更高。有一種說法是，這個疾病在遠古時代便挑中了歐洲人的祖先。於是，經過了幾萬代之後，這個致命的疾病開始引起不同的死亡率：住在熱帶地區的白種人，他們的後代子孫人數較少，這說明了這些地區的人口組織，逐漸地被深色肌膚的人所取代。

就算是吧。但是，爲何膚色較淡的人住的地區陽光較少呢？

另一種假設：大家都知道維他命D可以強化骨骼中的鈣質，所以我們經常給小孩子服用維他命D，以預防佝僂症。人的肌膚經過紫外線的照射之後，體內自然會製造維他命D。然而，我們發現住在日曬較弱地區的人，大抵上擁有深色肌膚者比淺色肌膚者的人數為少，淺色肌膚者似乎也比較容易得到佝僂症。另一種說法是，在史前時代，來自溫帶或寒帶地區的深色肌膚者，比較容易染上佝僂症。歷代以來，淡色人種向來是佝僂症的常見病患。不過，這只是一種假設而已。

是巴布人，不是班圖人

至少現在可以知道，我們祖先的膚色，從一個地區到另一個地區，必須經過多少時間才會改變吧？

過程很快。可能是幾千代吧……只要觀察美洲的印地安人就知道了。他們到美洲的時間不算久，大約在距今二萬二千年至五萬二千年前。然而，我們發現現今住在瓜地馬拉或哥倫比亞的印地安人，他們的膚色天生就比住在加拿大或阿根廷的印地安人還深，由此可知，只需一萬五千年就可以有這樣的差別了。我們甚至可以發現，在亞洲東南部，膚色較深的美拉尼西亞人和膚色較淡的玻里尼西亞人，他們的基因和文化其實十分地相近。

相反的情況可能存在嗎？有沒有可能外表相近，但基因其實相差十萬八千里？

大西洋的巴布人（Papou）和非洲的班圖人（Bantou）的基因相似度，其實差別很大：前者的基因與越南人、中國人相近，後者則和其他非洲人相近。這樣的結果很合邏輯，然而，巴布人和班圖人的外表卻很相像，都是矮小、捲髮和黑皮膚，那是因為他們都生活在熱帶雨林。如此證明了一點，就是在史前時代，居住於同一類地區的人，為了適應當地的生活環境，很快地便會擁有相似的外表特徵。

錯誤的種族

所以，是基因和我們祖先所選擇的生活環境共同造就了該民族的特徵，或者應該說是「人種」不同，因爲如今科學家已經不再使用「種族」這個字了，不是嗎？

不對。有關「種族」的研究其實是個偏見，科學也應該為此結果負一部分的責任。長久以來，人類學家依據膚色區分人類：白種人、黑種人和黃種人。本世紀初，當科學家們發現了血型之後，原以為可以使用相同的分類法，藉以證明種族的存在。某些納粹主義者甚至堅持所有B型的人都是外國人，因為那是混血的特徵，並且認為亞利安人當中沒有B型的人。這種說法真是荒謬至極。現在我們知道世界上大部分的民族，各種血型都有，所以我們寧可接受一個同血型的巴布人的捐血，也不要接受一位血型和我們不同的鄰居的捐血。器官移植的道理也是一樣。

其他的基因呢？

現在我們已知幾千種不同的基因排列組合，但是沒有所謂的白種人或黑種人的基因，並未發現有任何基因是白種人或黑種人獨有，而其他民族沒有。我們所知道的有關基因的其他資訊也是一樣。第二次世界大戰之後，科學家發現基因的分布在各民族之間都一樣。在歐洲人身上比較常見的基因組合，在東方人或澳大利亞人身上或許不常見，但還是看得到。基因的分類和我們依據頭顱形狀、皮膚顏色或者地理淵源所做的分類不同，我們無法依照基因將人類清楚地分門別類。

連區分爲基因相似的小團體都沒有辦法？

當然沒有辦法。假設隨機在路上找來兩個人，如果他們來自於同一個團體，其相似性可能比兩個來自於不同團體的人還高，但並不表示他們的基因相似。或許這樣說很難懂，然而事實的確如此，所以我們無法將現今世上的人口依照基因做分類。假設將A血型的人集合起來，你會發現他們來自世界各地；假設你對Rh陽性的人有興趣，你會發現他們又是另外一群來自世界各地的人。依據你所設定的條件，你所偏好的膚色、血型、Rh血型、身高或其他項目，每一次都將得到不同的分類結果。

人群圖像

然而，我們還是可以發現各種不同的人啊。他們只是外表不同而已？

沒錯，我們不應該以貌取人。一七八四年，為了回應種族分類主義，赫爾德（Herder, Johann Gottfried von，一七四四～一八〇三。德國哲學家、文學評論家、歷史學者及信義會神學家）寫道：「世界上的人種不是四類或五類，所有的人都是一張貫穿歲月，包容五大洲的大圖像裡的小陰影。」

說得好！眞不愧是大師！

沒錯。一九二四年，日內瓦的人類學家歐仁・比達（Eugéne Pittard）也說過：「同一種人群彼此間會出現極大的差異，甚至連和他們近親之間的差異也會愈來愈大，我們根本無法分辨他們之間的界線或決裂點。」最近人類學家的發現證實了他的說法：各人群之間存在著極大的差異。例如，以膚色而言，我們發現同一種人群當中，特別是深色肌膚的種族，他們的膚色深淺其實差別很大……只要我們繞地球一周，便可以依序發現各種人群之間存在著一種持續的差異，這就是那張大圖像裡的陰影……

直到今日，我們依然可以看到這種持續和漸微的差異？

對。在距今一萬年至三十萬年前，人類的基因並沒有太大的改變。所改變的是人類的外表、舉止、體型、膚色，尤其是文化、宗教和語言。

單一語言

正是，我們認為人類在移民的過程當中，在脫離原來的族群時，第一批的征服者開始以一種與原來語言不同的方言交談。這就是語言的由來嗎？

長久以來，眾多的資料早已證實，不管是居住在任何地區，人類天生擁有語言天份，這就是現代各種語言誕生的由來。在西方，有關各大語言之間的關係的研究，不是受到科學家們的嘲諷，就是被迫放棄。如今，我們寧可相信世上原來只有一種語言，其他的語言都是由此語言衍生出來的。

有什麼證據可以證明這種說法嗎？

許多跡象都與該說法吻合。依據美國語言學家諾姆・杭士基（Noam Chomsky，一九二八～，早年研究現代希伯來文口語，就讀賓夕法尼亞大學時專攻語言學、數學和哲學）的說法，語言學家發現所有語言之間存有共同的文法結構。我們也知道世上任何一個新生兒，不管他的出生地為何，都具有一種全能的語言能力：一生下來便擁有學習任何一種語言的能力，也有可能逐漸忘記的能力，最後只記得經常使用的一種或多種語言的發音。因此，我們可以假設每個人都具有發音和造句的能力。之後，語言學家重新建構當代語言之間的關係，定義幾個語言大家族，再進一步研究它們之前的關係。

他們是怎麼辦到的？

他們仔細研究了一些關鍵字，一些造句時最不可或缺的單字，例如：水、我、你……將這些單字在不同的語言中做比較。結果得出四種基本的非洲語言：發音喀嚓喀嚓響的非洲南部的夸閃語系（Khoisan，納密比亞的一種土語）；非洲西部、中部和南部的尼日柯多法尼語系（Niger-kordofanien，屬於尼日剛果語系）；亞非語系，包括古埃及語、柏柏爾語（berbére）、阿拉伯語、希伯來語；從尼羅河三角洲到東非的尼羅撒哈拉語系。可能還包括美洲特有的三大語系，但是尚待研究。美國語言學家梅芮特・陸赫蓮（Merrit Ruhlen）也發現了幾個與世界所有語言有關的語言始祖。就某個層面而言，這些就像是人類基因化石或者骨頭化石，所以可以稱之為「單字化石」。這看似彼此相通的一切，足以證明從前世界上只有一種原始語言，之後，大約在距今五萬年至二萬年前才分裂成今日的十二個語言家族。

基因會說話

這一切也證明了人類的祖先原來只是一小群人的說法，之後，正如您以上所言，於距今五萬年至二萬年前才開始分道揚鑣並向外遷徙。

完全正確。美國學者卡瓦利－斯福札（Luigi Luca Cavalli-Sforza）曾大膽進行過一個看似奇怪的研究，他把各大洲的語言和人類基因做比較。我的研究團隊也針對非洲民族做過相似的研究，驚訝地發現，基因和語言間有密不可分的關係。當兩個民族的基因相似時，他們的語言也會相似：基因排列愈相近，基本的字彙也會愈相近。

這到底是什麼原因呢？

我們很清楚語言並非由基因決定。以新生兒為例，不管他的出生地為何，自然可以學會出生地的語言。假設語言和基因之間存在著這樣的平行發展關係，可能是因為距今三萬二千年至五千年前，人類四次遷徙至非洲大陸，繼而造就了四大語言家族。這幾個移民部落彼此間並沒有太多的交流，所以語言很快地便產生分歧，同時基因亦出現相類似的改變。

總共花了多少時間？

語言的變化很快。以中古世紀的法語為例，一千年前的法語，我們現在已經完全聽不懂了。法語和義大利語出現分歧也是近二千年內的事情……語言的改變比基因快多了。地方語言的出現只需要兩、三個世紀的時間，之後便會形成新的語言。但是基因的演化則需要幾萬年的時間，才可能在人類身上出現明顯的差別。兩者的時間表不同。

你來我往

我們一路談到了近代，也就是紀藍所說的發生新石器大革命的那個時代。待人類因為遷徙、定居以及基因遺傳、語言改變而形成單一族群之後，後來的變化竟然是反其道而行。他們會重新開始整合彼此之間的差異。

完全正確。這樣的變化大約出現於一萬二千年前的新石器時代。人類的數量增加，五大洲的居民開始進行交流，開始接受彼此的差異性。他們愈接近、愈溝通、愈交流，便會愈相同。相反地，他們愈疏遠，基因的差別便會愈來愈大。於是地球上漸序出現了一張移民圖像，也就是現今人類基因分布的情形。

我想再問一次，您們怎麼會知道這些事情？

我們現在已經完全確定：地球上不同民族的基因和地理環境的分布有著密不可分的關係。尤其是後者，我們不僅觀察到史前時代候鳥飛行的路線，還看到各大洲的地貌與一些候鳥必經的地點、高山和海岸。我們已經談過現代人類的歷史起源於同一個根源，以及四周環境的改變。不應該把這種情形視為人類分居所造成的結果，相反地，應該看成是一種互換，一種永恆的交流。

因爲你來我往的關係，才有今天我們所看到的各式各樣的人？

對。有些人認為人類很早便開始移民，或許早在五十萬年前，這是一種以當時人口稀少為理論所做的大膽假設。另一些人認為舊石器時代便有族群之說，或者至少各種人之間的差別很大，這也是一種沒有什麼說服力的說法。如果該假設成立，那麼新石器時代的出現便推翻了該理論：它就像是一架推土機，一部基因攪拌機……一切全都慢慢地混在一起。事實上，就是因為這個混合的過程，才會出現今日五花八門的基因。

天底下沒有一樣的父母

您以上所說的一切奠定了人類的生命和生理身份。所以，我們既是舊石器時代的祖先經過分家後的後代，也是之後各種族你來我往雜交後所產生的結晶。接下來，我們就再也沒有改變了嗎？

一般而言，現今的人類在基因上彼此相近，外表卻相差懸殊。事實上，我們的「車身」，即身體的外貌，包括膚色、模樣、體型等，和環境有直接的關係，而且不穩定，很快地便會隨著前幾代的移民而改變。相反地，我們的「馬達」，即內心的部分，並不會改變：從我們的靈長類祖先開始，人的骨骼是由二百一十一塊骨頭所組成的事實從未改變；儘管人的基因彼此間有些不同，然而現今所有人類的基因全都來自於我們共同的祖先所遺留下來的基因庫。這個共同的寶庫，從史前時代起便替我們製造了五千或一萬個「複製品」；之後，隨著時間的變化，庫藏量也愈來愈大，甚至已經達到六十億個樣本，但是基因的本質並沒有改變！此外，假設我們將現今所有人類的基因集合起來，其結果可以媲美在非洲東部、近東地區和印度半島上所發現的基因寶庫。

這種說法和今日科學家所提出的人類起源論相仿：起源於同一個地方、擁有共同的祖先和說同一種母語……假如我們想替第一幕做結論，可以如此說：人類的不同在於外表，而且只限於外表。當我們審視人類的內在，審視細胞的最細微處，便會發現基本上人類彼此相似。

沒錯。有些人堅稱可以將人類分門別類。而我們說無法將人類分類，並不代表他們之間沒有不同的地方。相反地，人類彼此之間有很大的不同，極端地不同，而且差異之大，簡直令人不可思議。我們全都來自於同一個物種，我們全都屬於同一個基因寶庫，我們有著共同的祖先，我們說著衍生自同一種原始母語的不同語言。而且，身為個體，每一個人都不一樣。事實上，人類是由獨特的個體所組成的。每個人都和其他人不一樣。從我們的始祖之後，世界上早已出現過八百億的人口。然而，人的歷史裡從未出現過一個和你我一模一樣的人。所以，我們每一個人都不一樣，所有的父母也都不一樣……

第二幕　想像之爭

第一場　藝術之子

無意中的一筆劃，石頭上的動物雕像……人類完成了一些新的舉動，好似在證明自己的神秘性。

美學草圖

現在我們的祖先已經以小型移民方式在地球上定居了，也開始分道揚鑣，各說各的語言……而且，他們再次遠離禽獸的生活，完成一些新的舉動，例如：畫了第一張畫、做了第一個雕刻……此時，人類是否已經懂得藝術或者至少已經有藝術美感了呢？

柯洛特：沒錯。早在三萬五千年前，和我們擁有相同的神經系統，相同的綜合和抽象觀念的智人，並不比我們落伍。他們也是人類的一種。當然，他們對世界的看法或許和我們不同，但是不一定比我們落後。總之，每次發現他們的遺跡時，便可以發現藝術創作的痕跡。

所以我們可以認爲藝術的誕生乃隨著人類的演化而逐漸複雜，它結合了宇宙、生命，甚至隨著人類的文化、智力和觀念等一起發展。那麼，請問有所謂的「藝術起源大爆炸」之說嗎？

沒有所謂的「藝術起源大爆炸」之說，因為我們無法確定藝術起源於何時，或者至少我們無法指出藝術與非藝術的分水嶺。事實上，想找出答案就必須回溯到較早的年代，甚至比郎嘉念所提過的智人出現的年代更早。

那麼必須追溯到哪一個年代呢？

我們無法指出出現第一個藝術舉動的時間和地點。事實上，這不是一個單一事件，而是一連串無意中發生的小動作的結果。所以，拿棍子敲下樹上的椰子或一串香蕉，就像黑猩猩所為，這樣的動作並不是藝術。但是，將燧石敲打成兩面銳利的尖形武器而且兩邊對稱，或者在一塊骨頭的尾端雕刻規則的齒型圖案，或者因為好奇而收集形狀特殊的貝殼、水晶，這是因為愛美的心態在作祟嗎？沒錯，這就是藝術感。

因爲這些舉動都需要想像力？

事實上，這些舉動強烈地指出人類具有想像力，就算不怎麼高明，畢竟是人類的特質，它徹底區隔了我們和動物之間的不同。我想藝術的存在就是從人類能夠將實物轉化成心中影像的那一刻開始。我們愈是探討人類何時懂得藝術，便愈發覺藝術出現的時間真的很早。於是，我們可以發現一些愈來愈古老的「不實用」人類遺跡，甚至早在二千年或三千年以前。

六顆神秘的水晶

二千年或三千年以前！那麼早啊？

沒錯，或許還更早呢。在以色列一處距今二十三萬五千年以前的地層中，發現了一塊狀似女人外型的石頭，其中還可以清楚地看出頭顱的樣子。我們可以斷定這是人類的作品嗎？另外在比爾辛格斯勒邦（Bilzingsleben）的圖林根（Thuringe）低谷附近，一處距今二十二萬年至三十五萬年、直立人居住過的地方，發現了肋骨碎片和一根長的、雕刻了一系列圖案的大象骨頭。

或許那就是最早的數學？

憑良心說，當我們審視那些二十三萬年以前的圖案時，實在不應該想像過度。或許那些圖案是在偶然之間雕刻出來的，根本就是個無心的作品。因此，一切應該等到懂得算術的智人出現才有可能發生。

還有其他不成熟的線索嗎？

在印度西部拉加丹省（Rajathan）的辛吉達剌市（Singi Talat）一處距今十五萬年至二十萬年前的地方，我們在一塊岩石裡發現了非當地特產的六顆水晶，於是把它們帶出印度，當作小收藏品保存起來。在另一個考古地點發現，我們的祖先早在幾十萬年前便懂得使用赭石了……

我們怎麼知道他們是否將赭石用在藝術方面？他們很有可能將它塗在皮膚上以預

防腐爛？

當然。但是將赭石擦在皮膚上的人，雙手一定染滿了紅色；還有，假如把赭石塗在手臂或臉龐上，那麼手臂或臉龐也一定會留下一些紅色的痕跡。他們是否使用赭石在身體上作畫？可能吧。我們永遠不得而知。

骨頭上的幾個雕刻線條、一小堆的水晶收藏品和幾條彩色的痕跡……光憑這些就認定藝術存在，也未免太沒有說服力了吧……

那麼姑且稱它們為「史前藝術」吧。我們不知道那些行為是否具有象徵意義。但是當我們撿起一些相似的貝殼或小卵石時，很清楚地是在尋求某種合諧性。當我們撿起一顆與眾不同的石頭時，顯然是被它的獨特性給吸引了……我們可以從中看到世界在人類身上的轉變。然而，當一隻動物踩在金礦上面時，牠只會注意自己的腳有沒有受傷。撿起那顆閃亮金子的矮小直立人，他的作法顯然與動物不同；他的好奇心被挑動了，他看了一下四周，驚覺發生了一些「不尋常」的事情。是的，我從他的身上看到了藝術細胞在萌芽。但是，對我而言，真正擁有藝術創作能力的應該是我們的祖先「現代人」。

已經有大師級的水準了！

所以，三萬五千年前，現代人已經具備了高超的技巧。他們會畫畫、石刻和雕塑。也就是他們懂得藝術，眞的藝術。那麼，第一張畫和第一件石雕是在什麼情況下做出來的呢？

動物的拓印畫應該對藝術的啟蒙有一定的影響力。舊石器時代的獵人已經熟知如何追蹤野生獵物和生禽猛獸的足印，而教導年輕人認識這些獵物的足印，正是他們主要的教育內容之一。又因為畫下來比較容易理解，所以拓印被捕捉到的獵物足印，或許就是藝術起源的原因之一。當然，或許還有其他原因。長久以來，我們一直以為從不堪入目的塗鴉到精采的繪畫，期間需要幾千年的歷練。這種觀念被最近幾項發現給推翻了。

您的意思是說，那些古老的作品已經具有某些大師級的藝術品味了？

當然。我們曾經在侏羅施瓦本（Jura souabe，位於德國多瑙河谷附近）找到一系列用長毛象的象牙雕刻而成的小人偶，還有比較常見的動物雕像。儘管年代久遠（西元前三十五年至三萬年），但其中的某些雕像卻已經是精品級的作品了，可以窺見自然主義派和裝飾風格的巧妙結合。一旦人類有了藝術觀之後，再經過幾位天賦異稟者的努力，很快地便會有驚人的成就。

曇花一現的作品

我猜想早期那些小師傅的作品，大部分應該已經遺失了。

正是。我們只見過被保存下來的，也就是那個時期的一小部分藝術作品：一些用石頭、象牙和骨頭雕刻的小物品，一些畫或刻在牆壁上的圖畫……可惜其他用木頭、皮革、軟黏土做的作品都消失不見了。歌曲、舞蹈、宗教儀式等也一樣……人類早期文化的精華就這樣永遠消逝了。

他們的作品眞的和您所描述的一樣精采嗎？

請想像一下當今某些依然生活在亞馬遜河流域的部落，他們現在僅有的藝術就是人體彩繪……或者想像一下那瓦喬族（Navajos）的印地安人在沙灘上作畫……假如史前人類也是以同樣的方法抒發情感和信仰，而我們卻認為他們不懂得藝術，那真是大錯特錯了。我們只能斷言，人類至少在三萬五千年前即懂得使用不會腐爛的材料。

所以，我們可以說那個時代的藝術已經很發達了？

幾千件石刻

可以。但是舊石器時代的藝術時期很長，從距今四萬年前現代人在歐洲定居的冰河時期，到距今一萬二千年前新石器時代的初期。在此時期，藝術的表現形式為繪畫、壁上的石刻、小雕像和雕塑，大部分以動物為主，很少以人為主題。我們不斷地發掘到足以證明我們祖先擁有藝術創造能力的遺跡，而且並非如一般人所言，僅限於歐洲而已。

還有哪裡呢？

到處都有！我們在非洲發現了一些三萬七千年前的石版畫，再往前尋找的話，則可以發現一些距今四萬年前、在澳洲出土的壁上石雕！我想在中國和印度等考古學比較不發達的國家，終有一天可以發掘到更古老的藝術作品。當然，那些早期的藝術創作還稱不上文化或民族特色，但已經是智人的祖先和所有智人生活中的一部分了。

這是各大洲人類的共同表現方式？

對，從史前時代延續到當代。尤其是，那是一種戶外藝術，展現在光天化日之下的藝術，畫在岩洞或山壁。最近，葡萄牙人在俯瞰多羅河（Douro）支流的佛茲・科亞（Foz-Côa，位於葡萄牙西北部）峭壁上，發現了幾千件雕刻作品。同一個地點，還發現幾幅大約出現在幾萬年前的壁畫。經過了歲月的摧殘，我們竟然還能夠找到這些作品，那是因為它們受到了特別保護，都是畫在洞穴裡的壁畫。

爸爸，這些是公牛！

談一下那些岩洞吧。自從一九四○年，有人在拉斯科（Lascaux，位於法國）岩洞裡發現了那一幅最美麗、最有名的壁畫之後，一般人認爲再也找不到足以和它媲美的文化遺產了。之後，就在二十世紀末，有人發現了沉睡在卡希斯（Cassis）海灣下的海底山岩科斯格，並且在岩壁上發現了大約創作於二萬七千年至一萬九千年前的動

物壁畫。隨後，又在阿爾代什省（Ardéche）發現了距今大約三萬一千年的梭維洞穴，它是當今最美麗的壁畫岩洞。我們原本以爲地球上的每一個角落都被翻遍了，所有的壁畫都被找到了，結果卻不斷地挖掘到更新、更美的東西。爲什麼會有這些美麗的作品呢？

史前時代就像一長條串連的鏈鎖，我們總會在不經意當中發現其中一個環節。只要有新的想法就可能有新的發現。如果說今天我們發現了什麼寶貝，那是因為我們找尋的結果！一八七九年發現的阿爾塔米拉（Altamira）洞穴就是一個明顯的例子。當時，我們看到了一件活動的洞穴藝術，那就是被埋藏在古地層裡，雕刻在骨頭上的長毛象和馴鹿圖案。有一天，西班牙人馬瑟李諾·桑·德·索圖歐拉（Marcelino Sanz de Sautuola）在自家附近的阿爾塔米拉洞穴考古時，他的孫女本來在洞穴口玩耍，看見了洞穴屋頂內側寫著：「Padre, hay toros!」（爸爸，這些是公牛！）索圖歐拉馬上進行研究，發現那些是野牛，不是公牛。於是他以過人的才氣和勇氣宣稱：這是史前時代的遺跡！

直到十九世紀末，仍沒有人相信史前人類有這般的創作能力。

沒有。因為懷抱此一觀點，許多有名的考古學家都不敢相信，並且宣稱以上的說法是個錯誤。他們認為史前人類還很低等，不可能畫出如此美麗的圖案。由於這種想法和年代推算不合，以致人類和許多寶藏擦身而過。事實上，我們只發掘了我們認得的東西，因為一切都必須有理論做為前提。例如，幾年前，在法國多爾多涅省（Dordogne）南部發現的桐門（Domme）洞穴，長久以來一直被用來當作訓練洞穴學家的場地。有一天，當某位學員正在挖掘一個特殊角落的天花板時，意外地發現了一尊寬約一公尺長的長毛象雕像！然而，過去不知道有幾千個人從它的下面走過，卻不曾發現它的存在。那是因為他們本來期待挖掘到的是壁上的雕刻，而不是雕像！

另一種看法

就是因爲這種看法改變了現今人類的作法，我們才得以發掘到更多的遺跡？

對。原因就在我們的看法，還有我們所使用的方法。但是，那些想法偏差的人依然我行我素。當有人發現科斯格海底山岩和岩壁上前所未見的動物圖案時，許多傑出的考古學家曾經質疑過它的真實性。他們笑說那些人是在拿普羅旺斯特產的企鵝開玩笑吧？「一個海底洞穴？有海豹和企鵝的圖案？您是在說笑吧！」同時期發現的拉斯科岩洞，也受到同樣的揶揄。但是我們可以確定科斯格海底山岩曾經兩度有人居住過，兩個時間相差甚遠，一個在二萬七千年前，另一個在一萬九千年前。海底山岩裡的動物圖案與我們所知道的最後一個冰河時期的動物相符。至於梭維岩洞的時間則仍有爭議。我們無法想像在那麼早以前，在三萬一千年前就有那麼精良的畫作。然而，經由不同的動物圖案，總共找出了四個與該圖案一致的時間點。

讓樹枝說話吧

正因爲如此，這些時間的可信度有多大呢？對於那麼古早以前的時間，您爲何有信心確定自己不會搞錯呢？

當然必須仰賴一些古老的妙方，我們可以使用放射性碳去研究動物或植物的遺骸。任何有機體體內的放射性碳會以一種恆定的速度進行分解，就我們所知：在五千五百六十八年內，它將失去一半的能量。因此，經由計算放射性碳的流失量，我們可以得知該有機體已經存活了多久。當然，有機體愈老，體內所剩的放射性碳便愈少，它的正確存活時間也就愈難估算了。不過，目前各領域的科學家已陸續加入岩洞的研究，各個謎題正逐項被解開。

例如呢？

例如餘火的灰燼或者一根曾經被用來當作畫筆的樹枝。我們把所發現的任何遺跡和特點記錄下來，檢查岩壁的狀況，確定是否有任何東西被磨掉或被侵蝕。例如一頭野牛的頭不見了？便去請教地底氣象學家，研究地底侵蝕的情形；還有，為了查出一條看不見的線條的尾端，利用紅外線或紫外線照相術……連顏料本身也被我們仔細研究過：現今，進行顏料分析時，只需從圖畫上取下一點兒比針頭還小的樣本，所以根本不會破壞畫作本身。而且，推算一項遺跡的年代所需要的樣本，不超過一毫克的木炭。我們利用物理學家所使用的粒子加速器，便可以追蹤出正確的年代和時間。二十五年前，同樣的分析則需要花費五千倍的材料才夠！或許以後，就像郎嘉念所言，我們還可能找到DNA的化石呢！

但是，這和岩洞有什麼關係呢？

假設有位藝術家把口水吐在畫作上，那麼他的作品上便會殘留一點兒他的細胞。假如我們有辦法把它們找出來，那就太神奇了……

重回現場

我們是否可以認爲……三萬一千年前，我們的老祖先便知道自己的創作將流傳萬世？

他們的任何一件作品都讓我們覺得不是隨便亂塗鴉。如果說岩壁上的石雕是最常見的創作模式，那是因為石雕比較容易保存罷了。我們可以依據各個岩洞上的創作品質的差別，給它們一系列的名稱，例如：細線條石雕、刮鑿式石雕、點狀石雕、粗線條石雕，以及像小孩子在骯髒的車窗上用指尖作畫一樣，他們也用手指頭在覆蓋了一層鬆軟泥土的石頭上作畫，我們發現岩洞的壁上和拱頂經常沾滿了指紋。那些細線條石雕最難被發現；雕刻者會使用一種堅硬的尖型工具，最常見的便是燧石，他們先剝掉岩石的表面，然後在內層的雪白石塊上雕刻，可惜經過了幾千幾百年之後，那些石雕的色澤會慢慢地改變，變得和旁邊的岩石一樣。於是，為了重現它們的原貌，我們必須藉助會產生立體效果的斜射光線。

但是，最讓人印象深刻的還是他們的繪畫作品。當我們三生有幸得以進入拉斯科岩洞參觀時，沒有人不被洞裡繪畫作品的原始性所震懾，沒有人不被那些美麗的畫面所吸引。這些完成於一萬七千年前的宏偉壁畫，如今依然清晰可見，閃動著鮮艷的赭石光芒。

當岩洞壁畫經過妥善保存之後，當然就比較壯觀了，例如從此不對外開放的拉斯科岩洞或是藏在海底的科斯格山岩，它們呈現出一種驚人的藝術成熟度。我們驚覺三十萬年或三萬五千年前，我們的祖先已經懂得所有的繪畫技巧了。他們會將岩壁的天然輪廓雕刻成立體的額外裝飾，他們會將三度空間轉換成二度空間，梭維岩洞就是個很明顯的例子。幾千年之後，為了在岩壁頂端作畫，他們在拉斯科岩洞裡建造了一些腳架，那些鑲嵌的洞痕如今依然清晰可見。

所以，他們已經懂得透視法了？

完全正確。顯然他們已經懂得這種技巧，而且絕對不是偶然。

而且，他們已經會使用油畫了

他們怎麼發明顏料？黃色、黑色、紅色等主要的色彩……

很簡單，他們使用地上的小石頭。二氧化鐵混合黏土便成了赭紅色，黑色來自二氧化錳或木炭，鮮紅色則取材自氧化鐵。他們的畫筆就是地上的小石頭。如今，除非經過謹慎的研究，否則我們很難分辨他們的作品是素描或者彩色繪畫。

他們怎麼完成那些彩色繪畫呢？

拉斯科岩洞裡的動物壁畫，全都是直接用嘴巴或者透過一根鏤空的動物骨頭將顏料邊吹邊畫完成，這就是所謂的鏤花模板技法，我們找到了一種可以自由塑造各種有趣造型圖案的東西。此外，那些繪畫作品也有可能是用手指頭，或者用馬鬃和其他動物的鬃毛所製成的毛筆繪畫出來的，這些繪畫用具顯然早已消失不見，但是我們透過顯微鏡研究一些繪畫線條的結果，確定他們的確使用過這些工具。我們還從石頭和岩壁間採集到了一些顏料的痕跡，這應該就是他們的調色盤。

眞完善的繪畫用具啊……但是，他們到底是如何從小石頭上取得作畫的顏料呢？

他們先把小石頭打碎，再加進某一種黏合劑。那麼，他們用什麼液體調色呢？我們猜想是水——當然，當時的水不可能遺留到現在——還有尿液、蛋白、血液，而澳大利亞的原住民則經常使用血液。到目前為止，在歐洲發現的岩洞裡尚未找到使用血液當黏合劑的遺跡；相反地，透過在庇里牛斯山麓的峰達涅（Fontanet）岩洞和三兄弟（Trois-Frères）岩洞裡所做的精密研究，我們得知大約在距今一萬四千年前，某些藝術家已經會使用植物或動物的脂肪做為繪畫顏料的黏合劑。

他們已經懂得如何畫油畫了！

一定是。就像現代的畫家一樣，舊石器時代的人類也曾試過各種不同的顏料，好讓作品看起來更加完善。因此，他們在色彩裡加了一種被藝術家稱為「填料」的東西：那是一種惰性物質，可以節省顏料的使用量，讓色彩更勻櫬，而且不會出現龜裂的現象。在某些庇里牛斯山的岩洞壁畫上，可以發現這種填料。我們發現有些作品更使用了百分之三十的填料作畫，因為它的來源就是當地的某種礦石。

所以舊石器時代畫家使用的工具，幾乎都是他們自己發明的！

現在，我再也不會認為這些繪畫技術是一項項被慢慢發明出來的。藝術史從開始萌芽的那一刻之後，不僅精采無比，過程也絕對不是直線發展。當然，某些繪畫技巧是人類發明的，後來被遺忘，又在別的地方重新被發明。幾千年後的藝術家們，從未懷疑他們所做的工作，其實就是重新尋回祖先們的繪畫秘密。

第二場 神靈世界

神話中的天馬、謎樣般的野牛、線條紊亂的人物……他們作畫、塑像、雕刻，然後將美麗燦爛的岩洞留給我們當遺產。

地面上與地面下

過去，我們的祖先進入岩洞專心追求他們的神秘藝術，現在，就讓我們進去瞧一瞧。那些最早的作品眞的值得一看！例如，當我們進入被稱爲「黑暗畫廊」的阿里埃日省的尼歐岩洞，有時候必須經過一公里的長廊，穿越彎彎曲曲的迷宮，手上握著火把，才能夠喚醒那些古老的野牛或者天馬。因此，史前時代的人類在最早的時候是否住在岩洞裡，等膽子大了之後，才慢慢地改住到海底深淵呢？

不是，藝術的發展並非由地面逐漸轉至地下。因為地面上的藝術和地面下的藝術是同時存在的。在古老的年代裡，也就是距今大約三萬五千年至二萬年前，藝術區域在地面和地下的分布幾乎一樣。直到近代，地下藝術才佔上風。當然，洞穴藝術是個普遍性的藝術，但是正如偉大的史前歷史學家安德烈．勒華古安（André Leroi-Gourhan，一九一一～一九八六，法國人種和史前歷史學家）所言，在人類歷史的發展上，地底下的岩洞藝術是個特例，只有在舊石器時代，而且在歐洲才見得到。至於在中美洲、澳洲和美國則十分少見，非洲則完全沒有。因為這是一種經過選擇的文化，一種表達內心想法的特殊方式。

有什麼特殊呢？

在距今三萬七千年至一萬二千年前的這段時間裡，我們發現了人類的創作技巧和作品有特殊的一致性。同一種藝術傳統竟然延續了二萬五千年！我們在歐洲只發現了三百五十個山岩和有壁畫的洞穴，數量真的少得可憐。但是，從烏拉爾山脈（Oural）到安達盧希亞，我們都看到了風格相同的藝術作品，以及性質相同的繪畫。這些彼此相似的繪畫作品，可是相隔了幾百到幾千公里的距離。當然，洞穴藝術並非完全相同，但其基本精神一致，這一點無庸置疑。所以，假如我讓你各看一幅三萬年前梭維岩洞和一萬三千年前尼歐岩洞的壁畫，你一定看不出它們之間有什麼差別，但是你一定馬上就可以認出它們是史前時代的壁畫。

藝術家肖像

那些都是眞正藝術家的作品……他們到底是誰呢？

他們就是郎嘉念之前提過的那些獵人兼採食者。他們捕捉河裡的鮭魚和鱒魚，尤其是大型的獵物，例如馬、牛和馴鹿，他們也會追捕羱羊，有時候甚至射殺原牛。他們的配偶則負責採集野生水果、根莖類蔬菜和香菇，這些都是他們的主食……他們過著半游牧的生活，在一個地方居住了幾個月之後，便會遷徙到別的地方，例如，暫時居住在馴鹿搬遷的半路上。別忘了，那個時候全球的天氣還很寒冷：那是冰河時期的末期，當時法國南部的天氣類似現在的瑞典。

他們還過著野蠻人的生活，十分仰賴大自然和動物。

沒錯，可以這麼說。但是他們顯然具有某些天賦和才能，是現在的我們所欠缺的。假如我們跟著非洲人在大草原上走一圈或者走一段路，我們可能除了發覺地上有一些模糊的腳印之外，什麼都沒察覺。但是非洲人卻可以清楚地向我們解釋一個半小時前哪裡有隻羚羊經過，重多少公斤，左腳有點兒跛等等……而且千真萬確！我們的那些獵人兼採食者祖先應該也和他們一樣具有這種觀察能力。

他們過著群體生活嗎？

可以說是吧，大約每二十個人一群。因為一個只有父母和小孩的家庭，萬一父母任何一方發生意外，整個家庭便會瓦解，而一個百來人的社區團體則正好相反，他們可能在短期內便無法繼續供養每個人的日常飲食……至於小型的群體生活，則可以分工合作：採集、捕獵、宰殺動物、準備三餐、縫製衣服和製造工具。男女的地位在他們的社會裡相當平等。

他們彼此有聯繫嗎？他們的技術互相流通嗎？

從人種學比較的結果，我們得知這些團體並不住在一起，彼此甚至相隔幾十公里，但是他們會定期舉辦季節性的聚會。他們會藉此機會，聯繫感情，不分男女，彼此團結，他們會交換食物和物品等……我們在馬斯達茲爾（Mas d'Azil）古蹟中找到一些來自三百公里外的大西洋的貝殼。所以，我們的祖先到處遷徙，他們認識新朋友，與他人交換技術、想法、傳說和藝術。

不畫舞者，也不畫星星

那麼，讓我們談一談他們遺留在最偏遠、最深處、最黑暗的神秘岩洞裡的遺跡，那裡有他們留下來的繪畫和雕刻。在火把餘光的照射下，巨大的原牛、母牛、公牛、擁有黑鬃毛的馬兒、俊美的雄鹿、成群結隊的野牛等……突然出現在我們眼前。這和我們在拉斯科岩洞以及其他洞穴裡觀察到的神奇動物一樣。

事實上，這些都是動物的畫像，其中大部分都是大型的草食性動物，模樣真是令人印象深刻。我們也在洞穴的壁畫上發現了許多神秘猴子，以及幾個人物的造型。但是，首先我們應該記下哪些是我們在海底壁畫裡看不到的。

您的意思是？

那些藝術家從不畫太陽、月亮、雲朵和星星，他們也不畫植物：不畫樹、不畫草，而且連風景也不畫。他們從不畫茅草屋或房子。我們從未看見他們的畫裡有正在跳舞、唱歌或採集果樹的人群。他們從不畫日常生活。我們的祖先在黑暗的岩洞裡作畫，顯然他們想畫的並不是周遭的生活環境。總之，在洞穴的壁畫上沒有此類的題材。顯然，這一種藝術著重的並非描述。

那動物呢……

但是，他們畫了當地的動物。

當然，每一個地區所畫的主題，至少有一部分會不一樣，有時候主題的選擇取材自生活環境：例如，科斯格海底山岩的壁畫主題便是一些海底動物。但是，梭維岩洞的壁畫則是一些稀有和危險的動物——犀牛、貓科動物、毛象和熊等……所以，我們在他們的壁畫上看到的並非所有的動物，而是一些寓言般的動物、一些經過挑選的動物。我們在古地層裡看到的狐狸、野狼、白兔和野兔，則很少出現在他們的畫作裡，鳥、魚、蛇、水獺、狼獾、鼬鼠、櫸貂、昆蟲也是一樣。相反地，馬、公牛和羱羊則經常可見。這樣的結果顯然是經過選擇。

總之，那些生活在幾千年前的動物看起來神氣活現，好似隨時準備從一道牆跳到另一道牆。那些藝術家是怎麼辦到的呢？

他們畫的馬匹、公牛或者毛象並沒有範本，每一隻的模樣都不一樣，所以很容易認出那些動物的年齡、性別和動作。只要仔細觀察，我們便可以發現，例如，這是一隻正在磨蹭地板的年邁公牛，因為牠心情不好。

您怎麼那麼確定？

考古學可不是考古學家的專利，我們也會請教一些其他的專家和藝術家……例如，有位曾經就近研究過一隻半自由的歐洲公牛的動物行為專家，就教過我如何分辨公牛的年齡和性別，他還教我觀察那些故意畫得很清楚的動物，牠們的位置應該是由上往下看，因為牠們的身體筆直，四條腿僵硬。以前我們一直以為他們畫的是公牛的側面，事實上，那些都是被屠宰後，全身僵硬的公牛屍體。所以，他們的繪畫裡顯然還有許多未解之謎。

人類呢？

那麼人類呢？爲什麼他們很少畫人類呢？

在所有的洞穴壁畫中，我們發現大約有一百幅的作品裡有人類的影子，然而和以動物為主題的作品相比，它們的數量真是少得可憐，其中大約只有二十幅是以人類為主題。或許我們的祖先感覺生活在眾多的動物世界裡是很寂寞的，他們應該認為自己也是動物之一，是一些「與眾不同」的動物。

那些出現在洞穴壁畫裡的人物都只見其背影而已，好像隨便畫上幾筆……

那些顯然並非動物圖案。大部分的時候，我們甚至無法分辨他們畫的是男人或女人，因為圖案很模糊、簡略和誇張。他們故意把人物畫得又淡又簡單。那些藝術家們不願意讓人看出他們畫的是人類。這種作法可能是故意的，因為他們其實很會畫動物。可能的原因或許是由於圖像具有影響力的關係，在許多文明裡，圖像等同於實物。

在洞穴壁畫和石雕作品裡，我們很少看到動物攻擊人類的畫面……

我們只找到三個例子：貝緒梅勒（Pech-Merle）、古昂克（Cougnac）和科斯格海底山岩。其中人物都只是圖畫裡的陪襯線條。是誰把他們全部殺了？他們真的是人類嗎？還是幽靈？那些人物圖案全都歪歪斜斜，只具備象徵性的意義。然而長久以來，人物圖案身上的線條總是被解讀為生命力的象徵。但是，科斯格海底山岩壁畫上的那一幅「被殺死的人」，其中的影像可是清晰可辨，很清楚地可以看出他是被人用武器殺死的。或許，我們看到的是可以和耶穌受難記媲美的一幅畫？或者是被魔法摧毀的一個神蹟？可以肯定的是：謀殺和處死在當時的確存在。因此，依此圖案，我們可以得知「只有新石器時代的游牧民族才有隨意和莫名的暴力行為」的說法，仍有待查證。

戰爭呢？

當時的戰爭意思和我們現在所了解的不同，現在的意思是：一群人相互廝殺，直到殲滅對方為止。別忘了史前世界是個人煙稀少的世界。大家離群索居，各自生活在不同的生態環境裡，對於地面上的情勢並不了解。假如真的發生戰爭，應該會留下痕跡，但是我們並沒有看到。然而，小型武裝衝突或者謀殺也未嘗不曾發生，因為這畢竟是人類的天性；舊石器時代的人類應該也會彼此嫉妒、貪婪和爭吵。

……女人呢？

除了完整的人物畫之外，雖然不確定，我們卻在洞穴壁畫上看到一些殘缺的身體、被割斷的手臂和被切下的頭顱……

同樣的，我們無法確定那些通常都沒有頭髮、線條誇張，有時候還帶著一個巨大鼻子的頭顱，到底是男人？還是女人？我們也在壁畫上看過其他的身體部位，當然包括性器官在內。我們曾在科斯格海底山岩找到一尊男性小人偶，但是大部分的人偶都是女性的。

那些人偶代表女性，代表生殖力嗎？

他們應該是把整個洞穴視為一個女性的身體。象徵性顯而易見：洞穴是空的，藏在地底下……壁上的裂縫在洞穴藝術裡扮演了很重要的角色，它們代表動物的生殖力。女性化的洞穴，女性化的岩壁……這是我們對岩洞的基本解讀，聽起來頗有道理，而且得到全球的認同。

岩洞有時候是母性的象徵嗎？

或許吧，那是就其廣義而言：母性的大地。可惜我們從未找到孕婦或者生產過程的圖像。

該時期的人類也知道性行爲和繁殖之間的關係嗎？

很難回答。就人種學的角度而言，我們知道有些族群沒有這種關係，至於約莫在同一個時期發展的其他文化族群，則自然而然發展出這種關係。

神秘的雙手

史前藝術家曾經在洞穴裡畫過一些奇怪的猴子，尤其是猴子們那些貼在壁上、模樣很特別的雙手，看起來就像是一些神秘的簽字。

那些神秘的簽字經常為史前探險家指出探險的方向。例如，亨利·科斯格（Henri Cosquer）在他挖掘的海底洞穴中所發現的第一隻猴子畫像，激起了他對早期史前歷史的研究。當我們的祖先把雙手貼在洞穴的壁畫上時，他們發明了所謂的「正手」畫法。根據鏤花模板技術，他們還發明了「反手」畫法：先將手貼在岩壁上，然後用嘴巴將顏料沿著手掌邊緣邊吹氣邊作畫。如此一來，手掌的圖案便只剩下一個輪廓而已。

兩者的差別有何特殊的含意嗎？

不管是「正手」畫法或「反手」畫法，意義可能相同，我們在某一些洞穴裡也經常看到這樣的圖案。那是一種使用相當普遍的繪畫技巧。人類老是喜歡在岩石上留下手掌的圖案，如今澳洲的原住民還保留這種畫法。在南美某些舉行神秘儀式的洞穴裡，也見得到這種繪畫風格。在某些深邃的洞穴裡，這些手印畫或許就是我們的祖先與岩壁背面的神靈溝通的方式。這點，我們稍後再談……

在馬賽的科斯格海底山岩和上庇里牛斯山的卡爾卡斯（Gargas）洞穴中的岩壁上，我們也曾經看過一些指頭不完整的手印畫……

在這兩個洞穴裡，其中有三分之二的手印畫都是如此。有些人認為是故意將指頭畫得殘缺不全，代表服喪之意或者滿足某種祭禮的需求。

對於那些每天手持武器的史前時代獵人而言，會有這種自殘的行爲依然讓我想不透。

沒錯。所以，其他的考古學家認為這些被切斷的手指頭應該是被嚴重凍傷或病痛所造成的結果……但是，我們不解的是，為何全都斷在相同的幾根指頭上？此外，為何相距四百公里的科斯格海底山岩和卡爾卡斯洞穴，也都有將受傷的指頭畫在岩壁上的行為？還有，我們在此時期所找到的遺骸上，並沒有發現任何被截斷的手指關節。安德烈·勒華古安提出過一個假設：那些手印畫應該是指頭彎曲的手掌，那是一種手勢暗號，代表某種訊息，可能和狩獵有關吧。

那是一種無聲的語言，以免驚動獵物嗎？

很有可能。或者，那些符號是為了傳遞某些宗教的故事。天曉得？

史前時代的象形文字

還有那些畫滿了岩壁拱頂的符號、圓點、線條、棍狀圖案……它們不像壁畫那麼顯眼，所以經常被我們忽略。

沒錯，但是它們的數量很多。例如，在梭維岩洞的一塊石板上便可以發現一百二十個紅點。這些符號是長達二萬年的舊石器時代的藝術代表。有時候，這些符號旁會有一些人物畫像，有時候在岩洞入口，或者相反，在岩洞的最底部。

除了線條和密集的紅點之外，還有一些更複雜的符號。

事實上，其中某些符號既特別又複雜。我們發現一些「鎖骨狀」的符號：一條直立的棍子，上頭放著一顆小圓球，或左或右。一些屋頂狀的「尖形」符號。一些滿是刻痕的長方形、三角形、橢圓形、鋸齒型和鉤型……

把它們看成是一些溝通的符號會不會有點兒荒謬，說不定那是一種文字？

它們應該是一些「神秘符號」，依據安德烈．勒華古安的說法：它們的基本外觀一樣，但是組合方式似乎永遠不同。它們不像文字有一定的規則，或明顯的重複性……我們可以猜想它們並不屬於同一個系統。而且這些符號和象形文字並不相同，我們永遠看不懂那些文字。

我們可以思考……爲何這麼進步的人類，這麼受人肯定的藝術家，擁有進步的口說語言和圖像符號，但卻沒有書寫的文字？

其他的文化也是一樣。書寫溝通是為了經濟的需求，為了和其他的族群建立商業關係。在此時期，顯然過著狩獵兼採食生活的人類並無此需求。

有些圖案並不清楚，看起來很混亂……

舊石器時代的每一個階段都可以見到這種不清楚的圖案——斑點、交叉的線條、塗抹過的條紋，如此堅持的作法顯然有其用意。當一個岩洞裡的牆壁和拱頂布滿了幾千個掌紋，可以想像當時的人類希望佔有地下空間，他們想要包圍這些他們認為吉祥的地方，或者想要和洞穴裡的神秘力量建立關係。

神父的魔法

讓我們離開岩洞，坐下來休息一下。我們的那些狩獵兼採食的遠祖，在那麼長的歷史當中，深入黑暗完成偉大的藝術作品，我們該如何解釋他們這種獨特行爲呢？十九世紀末，在那幾個最早被發現的岩洞裡，我們認爲他們作畫根本沒有任何動機，根本毫無意義可言，因爲他們還過著野蠻生活，所以我們猜測，反正他們無需工作，因此就搞些藝術吧……

事實上，我們對岩洞的看法和時代的觀念有關。十九世紀，盧梭的思想對我們影響甚巨，一般人認為史前社會是個黃金年代，而由於當時的科學家和大思想家反對宗教，所以並不認為他們的祖先有宗教信仰。

所以我們應該修正這些偏見。

對。二十世紀初，我們了解舊石器時代的祖先，他們離群索居，必須對抗險惡的外在環境才能夠存活，所以他們深感需要外界力量的幫忙。於是有人認為洞穴繪畫的意義高於藝術性，它是宗教儀式。這個假設是由著名的布賀宜（Breuil）神父，查證過許多洞穴繪畫之後提出來的，而且獨佔鰲頭了十五年之久。

從此以後，我們便認爲每一幅洞穴壁畫或石雕，都是在表達一個狩獵儀式？

正是。這種解釋成了一種信條，以不成熟的人種學比較作為基礎理論，包含三個重點：狩獵、繁殖和摧毀。於是有人解釋說，為了讓狩獵能夠順利進行，巫師會到洞穴裡去，在牆上畫一隻被箭射傷的野牛。假如巫師在母牛身上畫一個大肚子，那是因為他希望狩獵行動能夠大有斬獲。假如他畫的是一隻危險的野獸，例如我們在岩洞裡看到的獅子圖案，之後他會用石頭擊打那隻危險的野獸，他會對牠施展魔法，然後將牠摧毀。

所以畫一隻動物，目的是爲了讓牠活或讓牠死，以便獲取牠身上的力量？

完全正確。但是布賀宜的解釋前後矛盾。假如這些壁畫圖案，在某些情況下是為了殺死野獸，但在另一些情況下，卻是為了讓狩獵物生生不息，這樣的說法沒有邏輯，說服力也不夠。

布賀宜神父如何解讀岩洞裡那些密密麻麻的圖案？

他一直都把它們歸類為狩獵的魔法。那些「鎖骨狀」的符號對他而言是大榔頭，直線是標槍、紅點代表受傷的公牛。一隻公牛旁有一圈紅點點，中間再加上一個紅點，例如我們在尼歐洞穴所看到的壁畫，代表一群獵人和一隻剛被射殺的公牛。還有，兩個紅點在一起，一左一右，意義則完全不同。此外，布賀宜對於那些他所發現的多餘線條，例如交叉的直線或者手印，則完全置之不理。

有性別之分的岩洞

之後，出現了不同的看法。史前歷史學家安德烈·勒華古安，同時也是偉大的舊石器時代藝術專家，他對於每一個細節都精心研究。他採取有系統的搜尋方法，這種地毯式的搜索，就像翻閱一本古書一樣，要求考古人員仔細地觀察每一寸土地，研究每一個地層的地貌。因爲這位歷史學者的關係，我們對穴洞有了不一樣的看法。

安德烈·勒華古安將洞穴裡的動物、地理位置以及繪畫和符號的樣子，依其數量做了百分比的比較；他找出它們之間的相似性與共同性。之後，他提出一個全新的假設：

那些巫師藝術家應該是依據性別二分法在地底洞穴裡隨意作畫。要畫什麼動物完全依據下列的象徵意義：野牛代表陰性，馬代表陽性。符號的排列方式則有兩種：簡單的符號，例如圓點和線條，都是陽性；「中空」的符號，例如圓圈、長方形、方形，則是陰性。但是這種說法並沒有被大家接受。

然而，拜訪過幾座岩洞之後，我們發現這些藝術具有某種統一性和組織性的思想，某種超越藝術的情感抒發……

顯然那些藝術洞穴可不是拱頂隨便畫滿圖案的地方。當然，同一個洞穴可能同時或者一前一後存在著幾個不同的邏輯想法。但是，儘管邏輯想法不同，該藝術具有統一性卻是不容置疑和令人印象深刻的，而且延續了二萬五千年之久！舊石器時代的社會進展緩慢，而且該時期人類的壽命很短，只有二十五年或二十八年而已。他們竟然都能夠那麼一致地將經驗和技術傳給下一代？這真是一件不可思議的事情。

理論上而言，在那個大家離群索居了幾千年的世界，藝術就像宗教一樣，應該早就分家了。所以，該如何解釋這種具有延續性和普遍性成長的傳統呢？

我們知道當時各聚落間彼此有交流活動，但是這並不足以解釋上列的情形。對於一種幾乎具有相同表現手法的藝術，可以在歐洲流傳那麼久，應該是另有強烈而統一的關係存在。

這一層關係就是宗教嗎？

對，毫無疑問地，這和象徵主義、信仰及宗教有關。舊石器時代的人類除非有正當的理由，否則不會前往那些門禁森嚴的幽暗洞穴。如果說這樣的作法延續了幾千年之久——比基督宗教的存在多出十倍的時間，那是因為承傳的過程既有系統又嚴謹，承傳方式包括了宗教儀式、神話和符號。所以，一切都得歸功於某種真正的宗教。

第三場　宗教的誕生

他們膽戰心驚地處在黑暗之中，圍在召喚神靈的薩滿身邊。他們的眼前有個神秘的世界。他們都成了宗教人士。

宗教的覺醒

野蠻人類張開一隻好奇的眼睛看世界，他們同時發現了一些古怪、不尋常和正常的事情。他們慢慢地發現美麗的事物和藝術，慢慢地從夢中甦醒。現在，洞穴的深處成了他們的幻想園地，他們把洞穴建造成和地面上一樣的世界，裡面有善有惡、有敵有友……宗教的力量也在此時誕生，一切似乎完全合乎邏輯……

我們的那些住在洞穴裡的祖先提出了一個很重要的問題，一個直接和人類有關的問題：「我們從哪裡來？」我們知道人類起源的傳說在想像藝術裡扮演了一個很重要的角色，也是所有部落的凝聚力量，連現今西方世界的部落都深受其影響！那個時代的人類已經具備一些先進的觀念，他們對世界的看法讓他們相信世上真的有靈異力量，而且試著和這些靈異力量建立關係。

以前的人沒有那種看法嗎？所以，只有智人才有藝術和宗教的情懷？

對。我不確定在我們的直接祖先或者他們的表親尼安德塔人之前的人類是否擁有宗教信仰。在某些時期，或許直立人已經懂得欣賞兩邊對稱的燧石，但是他們還是會忍不住把過世的夥伴吃掉，這表示他們還沒有宗教信仰。至於，尼安德塔人則已經懂得埋葬屍體：我們在多爾多涅省的拉菲哈西岩洞（La ferrassie）即發現某個尼安德塔小孩的墳墓上有塊石版和十八顆貝殼裝飾品以及幾個小酒杯。挖掘墳墓，獻上祭品，這表示我們相信另一種生命、另一個世界，這就是宗教的最初雛型……

外星人的十字架

難道就像藝術一樣，直到現代人和洞穴藝術出現時才有眞正的宗教，是嗎？

在人類有感覺之前，我甚至認為應該先有藝術才有宗教。但是，別忘了神靈與世俗、宗教與非宗教，這些都是現代西方人的觀念。這兩者在傳統文化裡並沒有區別，兩者是合而為一的。以推進器為例，它可以讓我們的祖先將標槍射到比手擲距離多出十到二十公尺遠的地方。這樣的工具理當扮演一個實用的東西。但是，假如標槍上刻了一隻羱羊或者一條魚，那麼它就變成了一個禮儀器物。從此日常生活中所有的活動再也離不開我們所稱的宗教。

然而宗教指的是符號、祭祀和禮儀等……

目前我們所見到僅存的證物就是史前時代的藝術作品。那是一種化石藝術，我們無法了解其涵義。我們無法找到與過去的關聯，我們只能大膽地做些基本假設、一種框架式的假設。所謂的象徵主義，必須具有普遍性的系統，而且無時無地不存在。假想一下你是個造訪我們地球的外星人，你在地球上發現了一個十字架或耶穌苦難像，但是你對耶穌一生的歷史毫無所悉……這種情形就好比我們面對舊石器時代的藝術一樣，我們找不到文章、指南或者解釋可供協助。

天國之門

所以，且讓我們大膽地提出看法吧！洞穴藝術絕對不是單純的魔法，它應該具有宗教意義。我們是否可以認爲洞穴藝術可以引領我們追尋人類的起源？

假如洞穴藝術沒有宗教含意，是世俗的，這樣的藝術應該會公開呈現，讓大家都有欣賞的機會。然而，它卻隱藏在隱密的地方，通常也不實用，並且和日常生活無關。和一般人的想法相反，其實那個時代的人類並不住在黑暗、潮溼又不舒服的洞穴裡，而是棲居在洞穴的入口處、樹蔭下或者帳棚裡。洞穴對他們而言是祭祀的地方，每逢特別的日子，他們才會進入洞穴裡。選擇黑暗的洞穴，無疑是希望能夠進入另一個國度。

在許多文明裡，地下世界象徵神靈的住所，被認爲是天國，甚至是地獄的入口。

這是人類共同的看法。洞穴給人一種莫名的害怕，一種天生的不安。進入地底中心，就彷彿到了另一個世界去旅行。

一個很難進入的世界……這是故意的嗎？

怎麼會！為了留下印記，舊石器時代的藝術家躲進最黑暗的洞穴裡。進入梭維岩洞時，得在地上爬行，穿過一條長長的走道，才得以一窺那三隻紅色大熊的英姿。在距今二萬六千年前的卡爾卡斯洞穴，進去時必須先爬行十五公尺，才能看見位於洞穴底部的一隻反白手印。在拉斯科岩洞，位於洞底的那個布滿石刻作品的貓窩，一次只容許一個人爬進去欣賞。

薩滿的神力

史前藝術家並不想譁衆取寵，至少我們可以這樣說吧！

對他們而言，結果並不重要，重要的是過程本身，也就是創作。我們發現史前藝術家的作品並非憑空揑造，他們可不是為藝術而藝術。不管是男人或女人，並非隨便任何人都可以進入黑暗的洞穴。他們必須是宗教人士，也就是所謂的「薩滿」。

我想問個天眞的問題：什麼是薩滿？

薩滿是一種中間人，一種可以和靈界溝通的靈媒。他和巫師不同，他不懂得指使黑暗勢力。他只會走進神靈世界和神靈溝通。所以，他可以重新建立人神之間不愉快的關係，或者驅除某種魔法。

他的神力從哪裡來？

如今依然在西伯利亞、美洲、非洲南部和亞洲某些地方相當活躍的薩滿信仰，主要是在尋找那些壞心腸的意念，例如：憂慮、幻覺、迷思等……當薩滿進入一個憂慮的心靈，他的靈魂將悠遊在一個住滿了神秘人物、動物、人類或巫師的超現實世界裡。他會試著取得他們的協助，替人治病、保佑狩獵行動、祈雨等等。當然，我們不能拿住在南非喀拉哈利沙漠（Kalahari）的寶奇曼原住民（Bochiman）或者美洲的印地安人，舊石器時代的人相比，但是這些人可以替我們釐清那些複雜的觀念和它們所代表的共存特性。

藝術修道院

那麼讓我們試著進入祖先們的腦袋裡。這個厲害的薩滿的眞正意義到底是什麼？他是部落傳統的代表嗎？

薩滿是推選出來的。他不僅必須懂得所有的傳統儀式，了解部落的原始文化，還得具備特殊的神力，才能夠進入神靈世界，幫助族人解決問題。當然，他也必須學習一些其他的技巧。

有點兒像修道院的神父……

神父們除了必須研讀聖經和進行宗教儀式之外，還必須學習唱歌。史前時代的薩滿則必須學習繪畫和石刻技術。或許，他們也必須學習唱歌和跳舞？他們有點兒像藝術或宗教學校的校長。

您說的是眞的史前藝術學校嗎？

不只是藝術學校而已。在那個時代，知識的承傳當然非常紮實和有系統，因為大部分的繪畫都具有超高的藝術水準。但是，除此之外，我們還發現了一些真正具有技術和特殊風格的「學校」。

例如呢？

你只要觀察動物的四肢便知道：在尼歐洞穴和其他庇里牛斯山岩洞裡的壁畫，其中的遠景部分總是模糊不清，那是為了突顯透視畫法。你再仔細觀察一下某些氣喘吁吁的野牛，都只能看到牠們的側影。這並非是那名畫家不懂得作畫，相反地，大部分的繪畫作品都是自然主義派的畫風，他們嚴格地遵守大自然的比例。藝術家們只是單純地追隨可能由某一個地區傳到另一個地區的繪畫風格而已。

這些畫派的影響力大嗎？

非常地大。在西班牙巴倫希亞（Valence）附近的巴爾巴洛岩洞（Parpallo）裡，我們在一萬年前的古地層裡找到了超過五百片的繪畫和雕刻石版。這代表著相同的傳統、相同的宗教儀式和相同的技術，是可以承傳千萬年以上！

鏡子的背面

對您而言，遵守藝術風格等於反映了他們對宗教的敏銳度？

對。遵守風格等於反應信仰和儀式。還有，薩滿有時候也會將他們的作品疊放在那些因時間而老舊的石刻作品上。對他們而言，那些石刻符號代表的是岩壁的神聖性和附著在其上的神力。這種作法，和墓碑或者還願碑很像。有一天，某個地方被封為聖地或神蹟顯現之地，並且受到後代永遠的膜拜。

岩壁上也有摧毀的痕跡嗎？例如，摧毀某個宗教的遺跡，就像某些基督教堂建蓋在異教聖殿的廢墟之上一樣？

很少。梭維岩洞中有些繪畫被刮掉。科斯格岩洞中，那些距今二萬七千年前的反白手印畫，在大約一萬九千年前，曾被人刻意畫上一些線條。但是，或許在這千年當中，參觀者其實只是想瞧一瞧那些模糊的線條，享受一下岩壁的神力？

史前藝術家也會在岩石上或在峭壁上作畫。對於這樣的行爲，我們該做何解釋呢？

在洞穴裡，火把和油燈搖晃不定的光線，在岩壁上照出一些晃動的光影，照出一些動物的影像，豐富了我們祖先的想像力。他們在岩壁上畫出了馬、野牛、毛象等……石縫中則住著神靈，祂在等待或準備走出來……薩滿觀察祂，畫下祂，與祂進行溝通。

動物的力量

所以，神靈都住在石壁的後面，住在一個靈異的國度裡？

對。薩滿前去與祂們溝通，以便取得祂們的神力和威權。岩石裡插著的骨頭可能是與神靈溝通的另一種方式。那些反白手印畫也是一樣：手上和岩石上畫滿圖案之後，手便會消失，消失到岩壁的背面……岩壁只是神靈躲藏的一道帷幕。

這種象徵形式與動物有關，至於那些神秘的力量也與動物有關嗎？

這種推斷很合邏輯。神人同形論的基督教起源於一個以耕種和畜牧維生的社會，一個以人為中心的世界：上帝和耶穌基督被視為人類。舊石器時代是個動物世界，所以動物具有靈異力量其實很正常。

假如那些神靈動物都很神聖的話，那麼人類就不應該捕捉和射殺牠們？

不一定。將某些動物神聖化和圖騰制度有關：一群人類就是一個動物圖騰，需要被保護。但是，岩洞裡的情況可不一樣：那些被箭和標槍射殺的動物都只是死亡的象徵，牠們並沒有被祝聖。對美國加州的印地安人而言，鬣羊是薩滿靈媒最喜愛的動物，因為牠可以用來祈雨，但還是會被人類獵殺和分食。

鬼魂附身

除了神權的觀念之外，我很難想像我們祖先賦予每一種動物的象徵意義。

沒錯，而且在那麼長的一段時間裡，這種象徵意義應該不斷地演變，形成各種不同的角色，例如：將傳說流傳給下一代的族人，發展出嬰兒誕生、團結、埋葬、治療和生病等的祝福儀式，還有與其他的群體，甚至是與神靈溝通。但是，這顯然是神經心理學給我們的一種基本觀念，洞穴藝術是薩滿靈媒的幻覺表達。

現代的神經心理學怎麼能夠告訴我們三萬年前的人類的看法呢？

因為所描述的現象是全球性的，和每一個時代所有具有相同神經系統的人類有關。如今，我們致力於研究的「接近死亡」的經驗，就和薩滿靈媒的觀念一模一樣。對某些種族而言，死亡的隱喻就是鬼魂附身。

等一下！並不是每個人都有鬼魂附身或幻覺經驗……

當然，但是在某些情境下，人很容易就產生幻覺，尤其是處在地底下的世界，因為所有的指標：白天、黑夜、太陽、月亮、星星、風和雨，全都消失不見了，四周都是礦石，沒有植物，沒有動物。在洞穴裡待了一段時間之後，會有疲憊感，五官也會出現錯亂的感覺，幻覺於焉產生。洞穴學家和那些住在高山上的阿爾卑斯山人，都很了解也很害怕這種錯覺。薩滿靈媒則正好相反，他們為此求之不得。

幻覺之旅

所以岩洞有兩種功能：它是神靈的住所，也是讓人產生幻覺的地方？

很有可能。關於薩滿的角色，他是人類和岩壁背後的那個靈異世界之間的靈媒，一般而言不會受到幻覺干擾。他必須花很大的力氣才能進入靈異世界，等他再度回到現實世界時，通常早已累得精疲力竭了。

他的靈異世界之旅，會遇到什麼事情呢？

鬼魂附身可以分成三個階段。然而，有些靈媒會直接進入第三階段，還有一些靈媒永遠也超越不了第一階段，一切取決於個人特質和當時的狀況……

幫我們描述一下最厲害的靈媒的樣子吧。

在迷幻藥、反覆的鼓聲和整齊的吟唱、失去知覺、飢餓、寒冷和痛苦的作用之下，薩滿靈媒遠離現實世界，被鬼魂附身。他首先看到的是一團圓點、一些「之」字形的線條、一些方格子、曲線和直線，有點兒像我們偏頭痛時的感受。

都是一些沒有意義的圖案……

從第二個階段開始，這些符號開始相互結合。那些原本看起來漂浮不定的符號，靈媒會依據他對環境的熟悉度，開始有系統地將它們組合起來。對於美國加州信奉薩滿靈媒的印地安人，那些「之」字形的線條可以變成響尾蛇，而哥倫比亞督卡諾斯的印地安人則認為那是一條銀河。

所以，符號的解讀會隨著文化而有所不同。然後，第三階段呢？

有時候，感覺好像穿越一條隧道，隧道的盡頭有刺眼的光芒。假如可以走到隧道的底部，那麼我們將看到另一個世界。在那個世界裡，我們會飛，我們可以在空中飛翔。那裡的動物都會說話。最後連我們自己也都變成動物了。

哇！眞美妙！經過這麼一趟旅程，薩滿還可以和我們分享他在那個世界裡看到的景象！

即使在第三階段，薩滿身上有一部分還是人類，他還有記憶力，之後還可以向我們描述他所見到的一切。「清醒的夢」通常比那些夜晚的夢讓人記得更牢。

幻覺圖像

史前時代的薩滿應該會將他們的奇幻遭遇，以繪畫或雕刻方式記錄在洞穴的岩壁上。他們的藝術就是他們在幻覺裡所見到的最直接的景象。

那些岩壁上的符號與靈媒在鬼魂附身的第一階段裡所見到的景象是一致的。這種恆久又普遍的現象，可以解釋為何持續了幾千年的舊石器時代的藝術具有統一性。至於動物圖案和石雕，則是第二和第三階段的幻覺產物。

在最後一個階段裡，薩滿靈媒變成了動物？

只是部分而已。他變成了動物，但也還是人類，他把兩個世界結合在一起。我們可以在非洲看到許多帶著一點兒動物性格的人像圖案，那些都是變形後的薩滿。進入另一個世界之後，他們成了一些複雜的綜合體。有位野牛專家在尼歐岩洞裡發現洞裡的野牛性別全搞錯了。這是藝術家們故意犯下的錯誤嗎？因為他們其實很了解動物的生理結構。或者那些野牛其實就是薩滿的化身？或者是一隻附身在薩滿身上的野牛靈魂？

假如說鬼魂附身的三個階段和那些洞穴符號，以及動物圖騰相符，那麼岩洞裡的那些手印和近乎塗鴉式的圖案，又該做何解釋呢？

事實上，我們可以發現那些圖案都很凌亂，在書上根本找不到！所以可能不是大師級的藝術家的作品。我們還可以找到很年幼的小孩子的手印和腳印。

然而，這是否意味著並非只有宗教人士得以進入那些洞穴？

我們可以想像有時候薩滿可能帶著病患和獵人進入洞穴，和另一個世界的神靈溝通。薩滿先畫出一隻野牛，其他人再加上幾筆。或許小孩子也可以參加某些祭典。他們的目的當然都和現實生活有關，但這樣的造訪並不常見，除非生活裡發生了特殊事件，例如天災、疾病或者動物流行病等，一般人才得以進入洞穴。

也就是說，遇到了動物流行病……但是，其他的時候呢？我們懷疑舊石器時代的人類，並非只有遇到災難才會舉行祭典。

沒錯。我們可以假設主要的慶典都在洞穴外或者岩洞入口處舉行。但是，當然啦！沒有證據可以證明這樣的假設。

拉斯科岩洞大慶典

拉斯科岩洞裡有好幾個大廳，岩壁上畫滿了美麗的圖案，可以容納二十到三十個人。我們並不認爲這樣的岩洞僅供某一位薩滿使用。

事實上，拉斯科岩洞很雄偉，這一點是我們在別的岩洞裡看不到的。其中某些動物圖案很清晰，有時候甚至長達五公尺，而其他洞穴裡的動物圖案，通常都比實物還小。這說明了那是一個群體的作品，特意做得很雄偉，其含意和我們在那些隱密的角落裡所看到的一些隱密的圖案不同。

我們可以認爲那是一些公開的祭典嗎？

或許可以。尼歐岩洞裡的「黑暗大廳」具有極佳的聽覺效果。這種情形絕非偶然。它是不是就是一個舉辦大型祭典的地方，祭典中有歌唱、舞蹈、團體儀式和治病流程？在季節性的聚會中，很有可能有一群人會到洞穴裡瞻仰岩壁上的圖畫，在洞裡冥思，或者前來祈求某位德高望重的薩滿靈媒的幫忙……

我們無法從找到的那些裸腳印中，看出一些關於聚會人數多寡的蛛絲馬跡嗎？

沒有辦法，因為數量太少了，而且幾乎無法確定時間。我們只有在那些沒有人造訪過、地面沒有被踐踏過，整座岩洞被完整保存下來的洞穴裡才找得到這種腳印。一般而言，都是小孩子的足印。總之，正如勒華古安所言，都是一些喜歡到處閒逛、喜歡在沙灘上奔跑和喜歡踩爛泥巴的人的足印。但是，經過幾千年之後，岩壁上的圖案和地面上的足印早已漸行漸遠。

三節小香腸

薩滿信仰勉強替洞穴藝術提出了某種尚稱合理的解釋。這些岩洞是有形世界和靈異世界之間的通道，只有在鬼魂附身的半清醒半迷惑的情況下，才可能通過那一道門。之後，薩滿的幻覺將轉變成一些圓點、線條和某些圖案；而那些只見輪廓的動物圖騰代表了隱藏在岩壁後面的靈異力量。至於手印和混亂的線條，則說明了有其他訪

客造訪該岩洞，他們可能是薩滿的信徒……這種說法很有說服力，但畢竟只是一種說法而已。

沒錯。我們相信，無論如何，所有的文化都具有宗教意涵，即使在目前不信教的年代也一樣……所以，現代人的史前歷史必定也具有宗教意義。可惜，我們無法藉由人文科學提出有利的證據，我們只能做些假設而已。因此，最有效的辦法就是觀察我們所做的假設是否和經由科學驗證的事實，以及未來的新發現相符合。自從有人提出薩滿信仰之後，我觀察過幾座新的岩洞，仔細核對其中的靈異說法，我必須承認那樣的說法似乎頗有道理。

我們還找到了其他關於那些奇怪藝術家的新線索嗎？

對。不僅那些有形的洞穴還大有看頭，裡面甚至還隱藏了許多看不見的入口，幾千年來它們不是被泥土、被坍方的碎石子堵住，就是爬滿了藤蔓。可是，我們可不會被它們騙了！從此，我們對原本以為很了解的岩洞有了新的看法。

例如呢？

我們在圖克歐杜伯（Tuc d'Audoubert）岩洞底端的那個長達三十公尺的野牛石雕上，發現了三個黏土做的香腸狀東西。一九一二年時，布賀宜神父認為那是男性的性器官，是少男接受成年禮所留下的象徵物品。布賀宜神父替那三條香腸狀的東西冠上魔法和宗教名義。直到大約十年前，一位和我一起到圖克歐杜伯岩洞探勘的美國雕刻家，他發現那三條東西之後大喊：「完全不是那麼一回事！那是一種雕塑方法！我們雕塑家都會這樣做：我們會抓起一把黏土，握在手裡又搓又揉，增加黏土的可塑性。」之後，他瞧了一瞧黏土上那些讓我們百思不解的小洞說：「那些洞是他們用指尖戳出來的。」他解釋，「雕塑家們總是喜歡試探性地壓一壓黏土，看看是否可以開始雕塑了。」謎底竟然如此簡單！

難尋商博良！

事實上，為了破解那些密碼，我們需要一塊羅塞達碑石或者另一位商博良（Champollion，法國學者，破解古埃及象形文字，並曾任羅浮宮埃及館第一任館長）。

可惜，我可不那樣認為！我想我們永遠也無法破解那些古老的訊息。幾年前，我曾經在某印地安村落的巫師的帶領下拜訪該村。村莊的入口處有兩、三個垂直的符號。我想安德烈．勒華古安一定會認為那是陰性岩洞前的一個陽性符號。布賀宜神父則會認為那是一把標槍的符號，一些獵人的武器。

那您呢？您覺得呢？

那名巫師告訴我：那些符號只是簡單地說明該岩洞允許參加第二階段靈異儀式的人

進入。這就是答案！我們目前的認知讓我們得以一窺岩洞的奧秘，可惜無法看清所有的真相。將來有一天，或許會出現另一個可以補足、修正或者代替我們目前看法的解釋……

用科學方法解釋史前時代是否有宗教存在，這是不可能的任務，不是嗎？

我們不該用科學的真實性去判斷宗教的價值。否則，世界上將不可能有宗教信仰。聖經上的記載和我們最近的發現有關嗎？當然有關！只是記載的事情不同而已。所以，舊石器時代的信仰也是一樣。

中場休息

之後，一切消失無蹤。持續了二萬五千年的宗教，那一段人類最長的歷史，就這

樣銷聲匿跡。大約距今一萬二千年前，洞穴藝術的古老傳統也漸漸地被遺忘。其間到底發生了什麼事情？

冰河時期末期，發生了一些緩慢但決定性的改變。氣溫上升，引發某些生物死亡。毛象消失了，馴鹿則逐漸往北移。其他的動物，例如野豬和鹿科動物，逐漸取代馴鹿的地位。人類開始食用蝸牛。生活方式和社會組織皆起了變化。至於最長壽的宗教信仰，最後則被迫改變形式或消失。

於是，人類離開了洞穴？

大雨不停地下，森林面積擴大。再加上，洞穴變得過於潮溼，到處積水，許多岩洞根本進不去。或許就在這個時候，木雕藝術取代了洞穴藝術？

所以，那些動物代表的不再是靈異世界的力量？

在以狩獵為生的社會裡，人類是其中的掠奪者。野馬或洞穴裡的獅子都被視為勇猛的神靈。但是距今大約一萬二千年前，也就是紀藍稍後即將解說的那個年代，掀起了一波人類歷程裡最大的改變，那就是「新石器時代」，人類開始過起畜牧生活。綿羊和肉牛都將成為家畜動物。從此，人類很難將飼養在牛欄裡的母牛或者飼養在豬圈裡的豬隻視為聖物！史前時代的獵人成了牧羊人。他們的世界改觀了，他們的想像力也跟著改變。

第三幕　權力之爭

第一場　新時代的來臨

之後，有一天，人類有了新的想法，做出了決定性的舉動。他們終止永無止盡的遷徙，採收第一批播種，進入無法抵擋的錯綜複雜的文明生活。

震驚世界的想法

我們現在即將展開的生活具有決定性的影響。人類統治地球，用藝術和想像力駕馭生活，但是他們依然受限於環境的控制，偶爾還得從事狩獵和採食的工作，他們還是脫離不了承傳自祖先的動物生活。之後，一切全都變了……

尚・紀藍：對。直到目前為止，人類一直活在安德烈・郎嘉念和尚・柯洛特所描述過的那個古老的舊石器時代。他們靠狩獵、捕魚、採食和撿拾維生，過著狩獵和採集的生活，當然他們都很聰明——因為他們懂得如何選擇獵物，如何量力而為，但是他們還是必須仰賴大自然才能夠生存，所以就像大自然的寄生蟲或動物一樣。現在，三百年來的狩獵兼採食生活終於結束了。一萬年前，隨著新石器時代的來臨，日新月異的新生活就此展開。

新石器時代的意思是指「一顆新的石頭」？

對，「一顆石頭的新紀元」，一顆磨得很光亮的石頭，和舊石器時代不同，那是「一顆老舊的石頭」，只粗略地裁切過而已。然而，此時的改變不只是一個簡單的技術革新，這是人類歷史上唯一一次的改變，所形成的生活模式一直延續到十九世紀的工業革命，或許今天我們的生活仍深受新石器時代的影響。

這樣的改變是怎麼發生的呢？

人類開始馴養野生動物，將牠們人工化和「人性化」。於是，人類本身也開始改變，他們徹底改變了生活習慣和行為，改變了與他人相處的關係。這真是一個錯綜複雜的改變：人類慢慢地放棄游牧生活，開始建造村落（從一萬四千年前開始），過起定居的生活，他們開始學習自行生產糧食，開始耕種（大約一萬一千年前）和畜牧（大約一萬年前）……他們生產精良的工具，將工作專業化，大家分工合作，過起階級分明的生活……

哇！簡直就是一場革命！一個想法竟然可以瞬間改變整個人類的生活……

假如我們站在過去的角度觀看此一時期，會有不知所措的感覺：過去幾百萬年，我們的祖先一直過著狩獵兼採食的生活。然而，突然之間，一切全都變了。與其說這是一場革命，還不如說是一個漸進且持續了兩、三千年的進化過程：幾個先驅家庭首先採取新的生活方式，之後影響了鄰近地區，最後甚至慢慢形成了一個全球性的普遍現象。

改變的欲望

在此時期，以小聚落方式居住在地球上的人類，彼此其實相距甚遠。所以，該如何解釋爲何在不同的地區會同時出現一樣的改變？就我們所知道的，他們彼此之間根本互不往來？是否世界上眞的存在著某種人類的進化邏輯，催促人類朝著另一個階段發展？

關於這一點，有兩種說法。有些人認為是大自然迫使人類不得不做改變。此時，冰河末期已經結束，氣溫回升，氣候較潮溼，適合植物的生長。歐洲氣候溫和，法國南部氣候較乾燥。某些地區因為過於乾旱，於是人類便集中居住在一些較舒適的地區，他們住在湖邊、河邊和沼澤邊。我們知道接近水就等於接近生命，於是他們開始對動物和植物產生興趣，由於每天生活在一起，於是人類便興起飼養家畜的念頭。

另一種說法呢？

正好相反，他們認為是因為人類的智慧增長，所以激起改變的想法。從人類祖先開始，人類便懂得運用雙手改造世界。他們懂得基本的裁切石頭的方法，懂得如何承傳技藝，我們的老祖先早就擁有先進的觀念，他們創造了某種文化形式，透過時間的焠鍊，一代傳給一代……

他們應該是在不知不覺當中發明了耕種的方法：讓我們把這些種子種到土裡面看看吧？

我們可以假設他們突然對植物有興趣，並且真的動手栽種。他們和動物之間關係的改變也是一樣，從偶爾狩獵（古代的人其實只食用動物的屍體），到射殺活的獵物，再到進行選擇性的狩獵，最後則改為馴養家畜。大自然對他們而言已無太大的威脅。這樣的進化完全出自於人類的自願，沒有其他原因。

一點兒小忙

但是，爲什麼不是全面性的進化呢？

因為環境條件尚不成熟，人類必須先找到能夠栽種的植物和適合馴養的動物。然而人類所征服的每個地區的情況不盡相同，例如近東地區有野生小麥和大麥，歐洲北部則沒有。還有，人口的成長或許也幫了一點兒小忙。

安德烈．郎嘉念說，此時人類的人口大幅地增加。

對。大約一萬二千年前，全球的人口不超過七百到八百萬人。往後的八千年內，在新石器時代的「革命」之下，人口激增了十倍之多！例如，單以法國為例，從五萬人增加到五十萬人。因此，我們不難想像大約在距今一萬二千年前，某些部落因為人口成長太快，除了仰賴狩獵和採食之外，不得不另謀生計。至少情況是這樣的沒錯：人類有了固定的居所，糧食的產量也增加之後，人口數量自然跟著增加。這種關係就像雞生蛋，蛋生雞，無法分割。

革命之家

不管動機爲何，我們的祖先過了幾百萬年的游牧生活之後，有一天突然決定收起包袱，不再流浪。您知道是什麼原因嗎？

最早的動機起源於距今一萬四千年至一萬年前，當時人類還過著傳統的舊石器時代生活：他們群居，仰賴狩獵毛象、採食麥穗和捕魚為生……之後，考古學家的新發現告訴我們，他們開始過起定居的生活，居住在世界的某些地方：他們住在湖邊、水塘邊、海灣附近或者小港灣內，因為那裡的食物比較豐富。

他們開始過起定居的生活……

慢慢地……他們很可能告訴自己：「嗯，在這裡，我整年都可以捕到魚，夏天有蔬菜可吃，春天有獵物經過……我想住在這裡，我不想搬家了。」於是他們開始蓋起那種有點兒永久性的帳棚，過著還有點兒游牧味道的生活。

最早出現在哪裡呢？

在史前時代，最早出現定居生活遺跡的地方是敘利亞、以色列、巴勒斯坦和伊拉克（大約在距今三萬四千年至二萬四千年之間，除了中歐和東歐某些地方不曾出現之外）。從此，人類在土地上定居，安定的生活改變了他們的經濟活動，開始過起農業生活。

農業的出現並非突然？

剛開始時，尚屬過渡期：出現了一些狩獵兼採集的「村落」，他們既不耕種也不畜牧。約旦河邊的馬哈拉（Mallaha）還有幾間距今大約一萬三千年前的房子，屋內不僅有木頭樑柱，還有幾面石壁。我們在屋內發現了一些狩獵和捕魚的用具，還有磨穀物的工具。所以，當時的糧食應該以野食為主。

之後，人類還是安心地過起定居的生活吧……

對。從一萬一千年前開始，世事千變萬化。建築物愈蓋愈雄偉，在巴勒斯坦的耶律哥有座大約九公尺高，直徑十公尺的石頭碉堡，旁邊還有三公尺寬的護城牆。這種環狀的建築可以用石頭或者生土磚塊做基座，就像我們在耶律哥或者阿斯瓦德（Aswad）所看到的碉堡一樣；也可以用土牆，例如敘利亞的穆賴拜特（Mureybet）。當時在伯拉大河（Euphrate）和約旦河兩流域之間，約略可見農業的雛形……

所以，在地球的一隅——中東地區已有了農業。其他的地方呢？

植物學家們發現，該地區種植了廣達幾千公里的穀物和蔬菜。中東地區有小麥、大麥、碗豆、小扁豆、蠶豆等……遠東地區則有黍稷和稻米，美洲有玉米和大豆，非洲有蜀黍和高粱……這些新品種都出現在一些單獨的地區，距今大約一萬一千年至七千年前，非洲地區的時間則不是很確定。

但是，還是有些地區沒有農業……

不是馬上就有農業活動。在某些地區，狩獵兼採食和新農民這兩種生活方式在地球上共生共存了一段時間。所以，當中東已經開始過起農業生活時，西方世界依舊靠捕殺野鹿、野豬或者羱羊維生。至於安地斯山脈及其山麓，則有蔬菜種植和畜牧業；南美地區從亞馬遜河到巴塔哥尼亞這一片廣大的地區，則停留在過去，繼續過著狩獵、捕魚和採集的生活。還是有些地區抗拒農業經濟。其實，全球經濟發展的步調從未一致。

改變的種子

一切的改變從農業開始？

長久以來，我們一直還搞不清楚到底是先有農業？還是先有畜牧業……有人認為先有畜牧業，因為那是狩獵的延伸，所以應該先有畜牧業才有農業，後者必須等到人類有了定居的習慣之後才可能發展。考古學家的想法則正好相反，他們認為人類應該是先懂得種植蔬菜，之後才懂得飼養家畜。兩者發展的前後秩序仍有待爭議。近東地區則一直到距今九千年前才加快其發展的腳步，奠定農業和畜牧業的基礎。

每一個地區的發展都一樣嗎？

至少在近東地區、亞洲和美洲是這樣，至於非洲地區則有待查證。我們在發現蜀黍和高粱之前，已經在洞穴壁畫上看過飼養牛隻的繪畫，所以在那一塊大陸上，我們猜想應該是先有飼養家畜才有農業種植，除非這些非洲牛隻是經由尼羅河從近東地區進口到非洲……

所以，有一天，在幾個思想先進的家庭裡，出現了一個比其他人都聰明的人。他把一顆種子種在泥土裡，革命從此展開。

這是我們祖先流傳下來的傳說：有個男人（或者很可能是個女人，因為她們比較願意細心觀察植物的秘密）有一天，他把一顆神奇的種子埋進土裡，結果長出了第一株麥穗……當然，真實的情景一定比這則傳說複雜多了。

有人知道嗎？

可能是那些狩獵兼採食者先採集到野生穀物，並且把它們加進日常飲食裡。之後，可能有個男人或者女人，發現了種子自然傳播和成長的過程，於是單純地模仿了這個大自然的過程。然而，並非馬上播種就可以收成，應該是經過了一段時間之後，在偶然經過挑選的情況下（挑選了某些突變種，然後把它們種在野地裡），人類發展出一種特殊的植物品種，於是它成就了今天我們所看到的農業耕種生態。

家族的傳說

有趣的是，我們竟然可以取得一萬年前人類耕種的詳細資料！

一切都得歸功於植物學家，從十九世紀開始，他們細心研究地球上野生植物的分布情形，甚至找出了某些重要穀物的原生地。他們推斷最早栽培大麥和小麥的地區，應該是近東。稍後，因為幾顆在近東地區找到的碳化種子，使得二次世界大戰後蓬勃發展的考古學，再次證實上述植物學家對於地球上耕種的地理分布的推斷是正確的。

對考古工作產生新的影響了嗎？

考古學家們了解他們再也不能像過去一樣，只分析古文物、石頭或陶器，他們也應該觀察花粉、種子、木炭化石的成份、動物的遺骸等……如此一來，不僅可以重建一個地區的景觀，甚至了解其經濟活動。所以任何細節都可能是一條考古的線索。

例如呢？

從木炭的灰燼當中，我們可以得知該地區的樹種；從動物骨骸或植物殘骸中，我們可以得知當地人的飲食習慣，以及他們所消費的動物和植物品種……透過顯微鏡觀察土壤，可以讓我們得知該土地從事過農耕或畜牧；研究地層的化學結構，可以看見考古學家們看不到的東西，例如：一座看起來毫不起眼的洞穴，竟然是羊舍……

歷史的年輪

這簡直像是偵探的工作嘛……

對。例如在郎格多克（Languedoc）的青春之泉（Font-Juvénal），在透過現代技術對當地動物種類的分析之後，我們得知了當地橡樹群消失的原因：我們觀察到該地區鳥禽類的生活空間逐日擴大，草食昆蟲大量曝曬在太陽光底下，田鼠無處可躲藏……還有，當然，某些偵測年代的技術可以幫我們探測一件古蹟大約的存在年代，例如：我們可以得知某建築物建造於西元前二七四二年，從西元前二七三八年前開始便成了廢墟。

大約的年代！您們是怎麼辦到的？

尚．柯洛特之前提過的那個使用放射性碳的方法，可以讓我們找出古蹟的大約存年代，之後，我們再利用最先進的技術「年輪計算法」找出正確的時間。

哇！趕快跟我們解釋一下吧！

我們知道因為氣候的關係，樹木年輪的大小每年都不一樣。藉由觀察一些老樹木，研究人員編輯了一本有關樹木年輪定年原理的參考書目。因為記載了世界上最古老的樹種——生長在美國加州的刺果松，因此我們甚至可以將這個「年輪時鐘」調回到六千年前。之後，透過交叉比對的方法，他們還記錄了八、九千年前的資料。所以，當我們挖掘到了一塊碳化的木塊，我們可以參考那本目錄，比對出該木塊的年輪定年，得出它大約的生存年代。當然，為了找出古文物的年代，必須先找到木頭……

技術的流傳

利用同樣的方法，也可以了解畜牧業的發展嗎？

同樣的道理，我們很難分辨牠們是野生動物還是家畜。一般而言，野生動物的體型通常比較強壯。但是，為了能夠觀察我們所找到的骨骸的形態變化，家畜馴養技術必須十分進步才有可能。

萬一不是呢？該怎麼辦？

我們還是可以從動物屍體的研究當中，得知一些訊息：經由統計學的結果，我們大約可以知道某種動物的平均壽命，可以知道通常家禽類在什麼時候會被宰殺。野生動物和家禽類的生命曲線很不一樣。但是，舊石器時代的獵人偶爾會進行選擇性狩獵行動，射殺大量的野生綿羊。如此一來，統計結果便不準確了。同樣地，在近東區的札格洛斯山脈（Zagros），專家們提出的第一批野山羊的飼養時間可能比實際的時間還早。

結論：在近東地區，一些重要的野生動物都曾經被馴養在某些特殊的地方，農業就是在那兒發跡的嗎？

對。早在一萬年前或者更早，首先被馴養的是山羊和綿羊，之後是牛和豬。然而，我們的祖先或許從來都不曾想過飼養家畜是為了溫飽肚子，他們只是想擁有牠們，或者只是單純地想控制他們生存的那個動物世界。總之，畜牧業和農業大概是出現在同一個時期，而且顯然是從近東地區開始，之後再以某種方式，流傳到歐洲地區。

第二場　控制大自然

外來的統治者，帶來改變的種子，將新的文化強行散播在每一寸土地上。野蠻的人類開創了自己的時代。現在世界屬於征服者，屬於那些懂得馴服大自然的人類。

洗禮歐洲大陸

某些先驅的家族出現了一個新的想法，也就是擇地而居，過起農耕和畜牧的生活。這個新想法後來從近東地區傳至歐洲。安德烈·郎嘉內跟我們解釋過的那兩支最早的征服隊伍，已經出發前往歐洲大陸。所以，近東地區就是歐洲文明的搖籃。

是歐洲文明的搖籃，而不是所有文明的搖籃。西方世界，即一般人認為的歐洲和北美洲，以及非洲某些地區的祖先，毫無疑問地均來自近東地區。但是世界上其他地區的轉變則屬於自發性。

總之，讓我們感嘆的是，歐洲的「現代化」竟然全都來自於他人。

過去幾十年來，大家盡量不提近東地區在這方面對歐洲的影響。然而，那卻是個不爭的事實。歐洲最早的第一批農夫大約出現在九千年前，當時歐洲地區的確有點兒被近東文化給「洗禮」了，包括知識、技術、經濟和社會結構。

這也算是一種統治嗎？

不算。每一個與新文化接觸的地區，反應不一。它們會以自己的傳統、信仰和習慣消化新文化，然後發展出自己的地區特色。歐洲初期深受外來經濟的影響，但是它依然是個多元文化的地區。

安份的歐洲原住民……

在那些農民統治者抵達歐洲之前，歐洲大陸有可能發生同樣的進化運動嗎？

我想不可能。歐洲大陸沒有穀物，所有的穀類植物全都來自於外界，而且也沒有畜牧業。歐洲只有兩種可供馴養的動物，那就是原牛和野豬，但是我們並沒有發現歐洲人馴養家畜的明顯遺跡。之後，還有狗……

狗！已經有人養狗啦！

早就有了！這種狼科動物，早在舊石器時代就經常陪著獵人外出捕獵。牠們可能也幫忙撿拾獵物和……清理食物：我們在某些距今一萬一千年前的考古地點所遺留下來的殘羹剩飯裡，發現了狗的蹤跡。但是，和我們所做的假設相反：在中古世紀之前，牧羊犬並不存在。所以除了狗之外，在此時期，歐洲人從未飼養過其他動物……

當時歐洲也飽受氣溫回升之苦，那麼歐洲大陸上的動物和植物也深受影響了……

對。就在現在的法國國土上，冰封世界完全融化了，海水再度淹沒陸地，水的生命週期重新運作。於是，氣候變得潮溼，植物大量繁殖，廣大的草地蛻變成森林，大約在九千年前，橡樹林更是茂密。許多寒帶動物不是銷聲匿跡（例如毛象），就是逃離歐洲（例如麋鹿）。剩下的動物，則快速繁殖（例如野鹿和野豬）。

從一座島到另一座島

那麼人類呢？那些歐洲原住民呢？

他們還過著和他們的祖先一樣的游牧生活，偶爾他們也會在某個營區定居一段時間。他們住在簡陋的茅草屋裡，棲息在突出的峭壁下或岩洞邊。他們也曾想過在某地定居下來，例如在葡萄牙或丹麥……他們以捕獵野鹿、野豬、野牛和其他一些野生小動物維生；他們在湖裡和河裡捕魚，雨季時則撿拾蝸牛，他們也吃野生植物，或許住在法國南部的歐洲原住民也吃些野生豆類。

之後，突然闖進了一些外來客，擾亂了他們原本平靜的生活。

這些外來客擁有新的技術，他們懂得農耕，身上帶著穀物的種子……但是你不要以為他們是直接從近東地區大舉入侵歐洲大陸。從他們的家鄉到西歐，可是花了他們三千年的時間。

經過一代又一代的努力……

對。他們的孩子和孫子不斷地往前遷徙，從巴勒斯坦到小亞細亞，從愛琴海到葡萄牙。其他的民族更遠行至巴爾幹半島，或者沿著多瑙河抵達萊茵河口。法國成了兩支遠征隊伍的兵家必爭之地，一支來自南方，另一支來自東方。於是法國被劃分成兩個，一個在地中海邊，一個在多瑙河沿岸。

那些最早的統治者來自海上？

顯然地中海並沒有讓他們卻步。人類早在舊石器時代末期即懂得製造木筏和簡單的船隻。最常見的作法就是將一根長樹幹從中刨空：我們在荷蘭發現了一艘八千三百年前的獨木舟的遺骸，其製造方式即是如此。或許他們也將樹枝綑綁在一起，或者將動物的皮革縫製在一起，做成船隻，用來航行在河岸或大海上……

甚至遠渡重洋？

長久以來，他們即從一座島嶼航過另一座島嶼。在伯羅奔尼撒（Péloponnèse）的一處考古地點，我們發現了一些用黑曜石打造的工具、一塊屬於該地區但不知名的火山石：火山脈礦藏在基克拉澤斯群島的米洛斯（Mélos）島。這證明人類早已航過地中海上的某些島嶼。他們早在一萬二千年前即抵達賽浦路斯島：他們去捕魚、抓鳥和撿拾貝類。

兩個世界的相遇

接受過新文化洗禮的地中海居民，終於和還生活在遠古世界裡的歐洲原住民相遇了。

大約在八千年前，來自義大利半島的第一批統治者在地中海西岸建立家園。他們種植高粱和小麥，飼養綿羊、山羊和肉牛，他們發覺身邊的歐洲原住民依然生活在橡樹林裡，以捕獵野豬和採集野生植物為生。

終於碰面了，有發生衝突嗎？

天曉得？或許這兩個生活在不同世界裡的民族彼此相安無事。那些狩獵兼採食者很有可能被新生活給吸引了，很快地便接受新文化的洗禮。為了回饋，他們替新來的外來民族介紹環境，例如，帶他們參觀燧石礦脈，認識當地的一些潛在特質……

歐洲人的遠祖開始受到那些外來民族的影響了。

我們不知道他們的人數是否比那些外來民族還多？或者正好相反？各地區的情況不同：某些地區的人口又密又活躍，例如沿海地區。其他森林地區的人口則較稀少。在法國南部和西班牙，農耕文化並沒有隨著外來民族的到來而立即實現，這兩個地區當時依然以畜牧山羊維主。

但是，最後現代化還是佔了上風。

現代化佔了上風，那是因為他們的經濟制度終究比較完善。對他們而言，大地就是財富，人們可以耕耘大地，可以在土地上飼養家畜。於是，他們開始擴張領土，統治歐洲的內部。

先鋒部隊

他們展開的是一場眞正的文化革命。過程如何呢？

我們可以說他們是一支「先鋒部隊」，他們花了幾代的時間，終於逐步征服了整個歐洲大陸。在法國的東南部，早在距今九千年前即出現地中海風格的生活。他們建造村落，而且接連幾個世紀都在同一些地點一再重建。不管是木屋或柴泥屋，他們偶爾也會用石頭建造房子的基座。

在此時期，另一波統治者正悄悄地從多瑙河入侵。

除了巴爾幹半島人之外，這些先鋒部隊發現自己處在一個生態完全不同的世界裡。因為歐洲的氣候溫和，迫使他們不得不依據現實環境創造另一種畜牧文化。於是他們開始飼養乳牛，這種動物比地中海綿牛更能適應當地的氣候。他們建造穀倉式的大型牧場——長十到五十公尺，以木材或柴泥為牆壁，屋頂覆蓋茅草或樹葉，還有被當作閣樓的平頂樓台。這樣的建築模式經常被引用，連巴黎盆地裡的建築也是一樣。這一波經由萊茵河入侵法國的外來文化，抵達法國的時間較晚（大約在七千五百年前）。從此，農耕生活完全取代狩獵兼採食生活。

進攻森林

但是，整個歐洲大陸到處都是濃密的森林，所以他們必須進行墾荒的工作囉……

那些外來的民族早就用斧頭和火燒方式，在歐洲大陸上的自然森林裡，殺出了一條條的生路。他們在森林裡耕種，在陡峭多石的地方畜牧。他們就這樣適應了各個地區的生態環境。而且，他們很快便改變了歐洲的面貌。森林裡多出一片片的空地，他們戰勝了大自然。

這一次，他們留下來了嗎？

某些學者認為，這些最早入侵溫帶歐洲的統治者，從事一種游牧式的農耕生活。例如在多瑙河邊，農民們建造了一些小聚落，開墾附近的森林。但是森林裡的土地因為不夠肥沃，所以很快就變成一片荒蕪地。於是，幾年之後，農民們再度往北移，而且繼續如此……所以，當時應該有一批農業革命的先鋒部隊，他們很快便席捲了整個歐洲。這是過去我們所做的假設。

還有其他的入侵者嗎？

其他的學者專家認為，那一批最早的農民應該在同一個地方，停留了幾世紀之久。

因為他們沒有砍伐或火燒森林的本事，而且只懂得從事一點兒園藝工作，所以應該是住在河谷、河邊潮溼地帶或者森林的空地裡。之後，因為石斧的普遍使用，他們才得以大規模地砍伐森林，佔領高原……目前，我們還無法斷言其真假。

村落，世界的中心

不管是使用何種方法，我們認爲那些瘋狂的統治者，在瞬間便改變了歐洲的風貌。

沒錯。距今五千年前，法國南部便出現大規模的農耕地。同一時期，只要情況允許，他們不放過任何一種生態地區，包括高山地帶，像是阿爾卑斯山和庇里牛斯山，他們將羊群趕上高山牧場。在地中海地區，山羊畜牧則是促進該地區開發和開墾的基本因素之一。但是，他們依然沒有放棄狩獵和採食的生活方式。

他們保留狩獵和採食的習慣是因爲好玩嗎？

不如說他們需要野生動物。在某些地區，飼養家畜並不能滿足他們的需求，他們甚至從外地引進野生動物——撒丁島和科西嘉島的野鹿，賽浦路斯島的黃鹿，主要的用途是用來打獵！因為新世界並沒有忘記它過往的記憶，它的體內依然保留著一部分的野蠻性格。他們依舊繼續維持、改良和慶祝狩獵習慣。

過起定居生活之後，人類對世界應該有不一樣的看法吧？

從前，在狩獵兼採食的年代裡，人類的數量稀少而且分散各地，生活漂泊不定。他們四處為家、以物易物、出外探險、重返家鄉……這一次，村落成了世界的中心，而且各個部落很快便連成一氣，彼此相互合作，形成一個團體，未來社會的雛型儼然已經形成。

大自然愈來愈人性化

這樣的小世界還彼此繼續互通有無嗎？

對。農民們並非在自己的土地上過著自給自足的生活。從一開始，他們便開墾森林，整頓附近的土地，不斷地開發新的田地，甚至加強和鄰近或遠方村落的聯繫。我們可以從一些異國風格的古老建築裡看出他們的關係：例如我們在法國郎格多克（Languedoc）發現的斧頭即來自義大利的皮爾蒙特（Piémont），燧石來自法國羅納省，黑曜石來自義大利內利巴里群島（Lipari）！這些證據說明了，從此新時代開始，即透過物品的流通，使得各聚落之間的關係相當密切。

這個大轉變總共持續了多久？

兩、三千年，而其中人類的行為是決定性的關鍵。法國南方的森林變成矮樹林和黃楊木，或許還有一部分變成咖里哥宇樹叢。當然，森林不斷地擴大，人類則不斷地改變其面貌，而且隨著人類的需求，或被作為木材，或被開發成空地。所以凡是有人居住的地方，地理景觀便大不如前，野生動物區愈來愈小，環境一變再變。大自然是愈來愈人性化了。

暫時隱退

新石器時代的想法和生活習慣，以迅雷不及掩耳的方式席捲各地，難道沒有遇到任何困難嗎？

當然這支先鋒部隊偶爾也會因為遇到一些大自然的阻撓而退卻，例如在德國侏羅施瓦本，人類最早在此定居一段時間之後，森林便再度搶回它們的地盤。之後，人類又奪回來，不久森林便又恢復空地模樣……至於在高山上，我們發現農作物的栽種底線先是往上移，後來又往後退。這或許是因為氣候變化的因素所導致：因為無法再耕種了，人類只好暫時隱退。

我們還是忍不住想問您們一個很重要的問題：您們怎麼知道這些事情？

只要取各地層的泥土為樣本，便可以用顯微鏡觀察到當地的花粉，得知當地有哪些植物、樹木和草類……例如我們發現這一種泥土符合某一個時期，因為它的植物成份裡含有百分之九十五的橡樹和百分之五的青草，而下一層泥土的橡樹成份則不超過百分之二十，那麼我們便可以知道關於生活在此時期人類的訊息。當我們開墾一個地區的時候，森林裡的寄生植物或者被砍伐森林的一些重要的植物都將一一浮現。之後，我們還可以找到它們的花粉。人類的任何活動都會留下痕跡，因此我們可以輕易地在泥土上看出祖先們探險的足印。

鋤頭和車輪

如此大規模的大自然征服之旅，需要有先進的技術。那些手持上千年石斧的人類根本辦不到……

在狩獵和採食文化的晚期，狩獵和捕魚的工具已經很輕巧了：木製把手上還會裝飾一些幾何形的小圓點，或者刻上弓箭的末端圖案，因為當時的人已經會使用弓箭了。由於受到新石器時代和拋光技術的影響，石斧成了砍伐森林的利器。之後，人類還發明了最初的農耕工具：作為播種或挖掘土塊的犁土木棍，尤其是開墾土地的鋤頭。有了鋤頭，人類鋤好土地之後，便可以播種了，更可以清除雜草，當然條件是耕種的土地必須夠鬆軟。通常，一般人只是在火燒地上隨便撒些種子而已。

但是萬一長不出東西呢？

他們就換地方，到更遠的地方去耕種。直到距今四千年前，才有更精密的農耕技術，也就是「攊杆步犁」，這是世上第一部拖引機器，一種古老的犁車，可以犁田和播種。鋤頭則是新石器時代農家們最常使用的工具。之後，在同一時期，美索不達米亞地區有人發明了車輪。這種東西既實心又堅固，或者還可以再加上第三個其他方面的優點，反正這種車輪馬上受到歐洲人的歡迎。

這讓我連想到陶器的發明。難道陶器也是該時期智慧革命下的產物？

完全不是。和我們猜想的不同，陶器的出現和新石器時代毫無關聯。陶器是舊石器時代的產物，大約出現在一萬六千年前的遠東地區：那是一種底部尖形的陶甕，用來儲藏燻肉、飲料或水果……

總算有個東西不是從近東地區傳進歐洲！

近東地區雖然是世界農耕的搖籃，然而陶器的出現則稍為落後，大約在九千年前。從此之後，陶土藝術便隨著先前我們提過的入侵行動，被帶到地中海沿岸和歐洲：我們發現第一批法國陶器家大約出現在八千年前，地點是在法國的南部；我們找到他們所遺留下來的碗、鍋子和水壺，有些甚至妝點得十分精美。

豐富的礦脈

金屬呢？我們猜想它必定也改變了人類的生活方式。

大約在九千年前，土耳其人率先使用金屬，或許伊拉克或伊朗人更早。我們在新石器時代發現了一些用鉛和銅錘打、輾壓或穿孔製成的小珠寶。不久之後，人類又發明了燒焙技術，這是一種延展礦物金屬的技術。於是，多瑙河沿岸出現了銅礦鎔冶技術，巴爾幹半島則在距今大約七千年前，大量採挖礦脈，供製作大型武器使用，例如橫口斧，之後更出口到其他的地區或者儲藏備用。

所以人類開始有了財富，懂得以物易物？

對。從舊石器時代開始，人類便懂得交換貝殼，或者交換從遠地帶回來的燧石。到了新石器時代，以物易物的情形更形普遍，因為農業聚落提供了許多交流的管道。某些座落在肥沃農耕地的聚落，附近不一定有適當的礦脈，可供製作工具使用，於是他們只好向他人購買斧頭或者其他的燧石工具。

經濟的開端

當時根本沒有商業，他們如何進行交易呢？

當時沒有錢幣，對於所交換的物質的重量也沒有共識，所以他們只和親戚、朋友或鄰居進行以物易物的交易……這種社會關係建立在互助互惠的原則之上，也就是說「以利易利」。人類從中得到的唯一收穫就是精神上的補償，所以愈是稀有，愈是來自遠方的東西，便愈珍貴。他們可以為了一把來自遠方的燧石匕首或者青銅短刀訂定借貸合約，先取貨再付款。

還是有人專門從事以物易物的工作，這樣的工作好像已經有點兒雛形了？

以法國南部為例，距今七千年前，人類在羅納河谷（Rhône）發現了一顆漂亮的白燧石，人們將它挖出來，鍛烤後製成一把把刀鋒筆直的刀劍。然而，搜尋礦脈是個專業的工作，並非人人可做。我們發現從普羅旺斯到科斯高原，再到庇里牛斯山麓，沿途都有供製作刀劍原料的零星燧石礦脈。

您的看法呢？

藝術家們隨身帶著小塊礦石，然後就地製作。在族群中，他們應該享有一個特殊的地位。當時社會的經濟基礎不是利益，而是社會認知。

無用的權力

所以某些人具有某種形式的權力？

當時很有可能已經出現首領制度，也就是說出現一些擁有和執行某種形式權力的人。於是，他們會委託鐵匠利用金屬製作一些器具，或者請手工藝家利用寶石打造一些特殊的東西。之後，這些東西全部成了他們的代表圖騰、權力象徵或者社會形象。

那些東西都沒有實用價值。

完全沒有實用價值，因為都是些項鍊和裝飾品，偶爾也有一些武器……我們在巴勒斯坦的米甚馬爾洞穴（Mishmar）裡發現的一些距今六千年前的古物，真是令人嘆為觀止：動物裝飾圖案的王冠、權杖、青銅器皿……他們的製作過程，全都使用鎔蠟技術，也就是先用蠟製作模型，然後再包上一層黏土。之後，挖一個小洞，將熔化的金屬液體倒進蠟模裡。最後，將黏土打破，取出金屬成品。

這簡直就是藝術嘛！

絕對是。這些製作過程的技術都很精良，所使用的金屬也極珍貴。他們費了那麼多功夫，只為了製造一些沒有實用價值，但是可以儲存和象徵自身權力的東西，只因為寶藏的永遠定義就是「權力的誕生」。

所以權力的誕生是因爲它沒有什麼用處，不是因爲需要……

它的確是沒有什麼用處。自從人類發現權力以來，金屬被賦予兩種功能：除了實用性以外，另外則是被人用來當作象徵性的東西使用，其中當然包括黃金，全被做成了珠寶首飾。人類在日常生活只使用了一部分的金屬，但是他們會在棺柩裡放些金屬。此舉象徵他們接受失去了最稀有和最珍貴的東西，他們把金屬獻給祖先。突然間，金屬不再是「買賣品」，而是永恆的象徵。

就某個層面而言，技術不僅帶來了經濟發展，隨之而來的還有一切象徵性的東西，以及之後發展出來的權力關係。

此時期的任何發明，例如犁轅、牛軛、車輪和金屬等，不斷地改變人類的生活，也徹底顛覆了社會的型態。我們無法確定是技術造成了階級，或者相反，因為後者早已開始萌芽，而技術也將引發另一場革新運動。所以，到底是經濟帶動社會發展？還是相反？在此時期，兩者其實相互影響。再者，在這個剛誕生，以生產為主的社會，一個階級愈來愈明顯的社會制度正逐漸發展中。

第三場　被馴化的人類

不再遷徙，以農為生，人類對自己有了新的定義。他們自稱為領袖和專家，發明了分工合作、創作和階級制度。文明於焉產生！黃金歲月已然結束！

社會動物

一塊奇怪的瓦片掉在第一批過起定居生活的人類的頭上。他們自以爲跨越了野蠻生活，發明畜牧和農耕生活，直到此刻，他們才驚覺必須組織和規範他們的社會，簡言之，必須臣服於專制權力之下。

人類是社會動物。可能早在新石器時代之前，人類或多或少就有權力概念。舊石器時代的人類過著小聚落的游牧生活，每二至三十個人一隊，例如，他們會在舉行大型狩獵活動時聚在一起，此時就需要一名領隊。當然，這個領隊的職務是暫時性的，等各聚落再次分道揚鑣之後便宣告結束。該時期的人類社會聚散不定，所以權力的擁有與失去也是一樣。

但是，人類開始過起定居生活之後，在某個地方長住下來，對生活的態度應該比較嚴謹。既然社會的壓力增加，我想權力應該也是一樣。

沒錯。現在人類必須管理較大型的群居生活，他們必須制定一些規範和遵守該規範。權力將由最強大或最能言善道的人獨攬呢？還是由全體居民交給最有權威的人？這些事情也都逐漸形成了。第一批住在茅草屋裡的人類，人口並不多，只有幾個家庭而已，所以遇到重大事件時，他們可以一起決定。

從首領到權力

最早的村落誕生的時候，沒有階級制度嗎？

最初的定居社會，不平等的現象並不明顯。每個家庭都可以參加團體生活，可以參與群體的事務。首領的地位完全是君權神授。某些人天生擁有一種光環，比別人的人際關係更廣，才能更多。但是，這樣的領導地位似乎並不穩定。一旦他失去以物易物的能力或財富時，必將同時失去他的領導地位，回歸到一般人的行列裡。

人口增加之後呢……

當然必須有人出面管理這些突增的人口。同一個聚落或者一分為二，部分的人口外移，另外建立自己的村落，但還是沿用同一個管理制度。或者必須尋求其他的權力制度，以便解決內部逐日增多的問題和衝突。

這就是階級制度的起源！

慢慢地，出現了領導階級，首領制度變成權力制度。金字塔型的社會階級悄然誕生……權力的形式可以有多種面貌：政治或經濟統治者、技藝高超的手工藝家、宗教領袖或靈媒等……此外，定居生活也為人類帶來了財富。農業生產過剩讓一部分的人口有時間可以專研技術、手工藝或管理技巧，也就是今天我們所說的第二和第三產業……

最早的小領袖

可以說權力誕生自定居生活嗎？

可以。權力的誕生從人類領導狩獵隊伍開始，當時大家只不過是臨時的隊長，之後則負責管理第一批村莊聚落，後來更演變成建立不平等社會制度的酋長。從帶領狩獵隊伍到治理國家，其實只有一步之遙，人類很快便跨越了……這是一般進化者對此時期最常下的定義。其實我們可以認為，從第一個村莊成立開始，權力就誕生了，因為管理大的城市聚落，或者小一點兒的，需要某種程度上的分工合作和各種不同的人才。從此，社會的規模愈來愈具體，權力也愈來愈專制。於是，任何一位權力的擁有者無不試著將權力佔為己有，並且傳給自己的後代。

於是，新石器時代出現了世襲制度？

因為在位者知道自己終將一死，因為他知道可以從權力中獲得利益，所以他會試著將權位傳給自己的後代，所以才有「宗族」敬拜祖先的禮儀。

爲何要敬拜祖先？

因為可以鞏固權位。當有權有勢者的土地來自於自己祖先過去的功績、努力或者辛苦時，他們自然而然地會替祖先建造美輪美奐的墓穴，頌揚他們的豐功偉業，並且祭拜他們。此舉不僅可以替自己取得威信，還可以鞏固自己的權力，於是整座村莊自然團結在莊主的家族之下。過世的祖先有時候反而可以替活著的在位者鞏固其權力地位。

您是怎麼知道的？

只要看一看那些古老的墓穴便知道：墓穴可以提供我們最完善的資料。從墓穴中，我們得知此時期的人類有祭拜祖先的習慣。研究墓穴可以讓我們了解當時社會的各種風貌，分辨貴族與庶民，猜測當時每個人的社會地位並不平等。

不平等的死亡待遇

假如說死亡可以讓一個村落更團結，那麼它也可以造成社會的分裂……

對。新石器時代的人類有埋葬死者的習慣。源自於多瑙河的歐洲新石器時代的文明，已經知道建造真正的墓穴了。

所以，從此以後每個人都有自己的墓穴？

正好相反。我們統計過新石器時代一些村落的人口，我們發覺只有一部分的人擁有自己的墓穴。或許其他的人全都舉行火葬；也或許被棄屍荒郊野外，所以墓穴裡埋葬的應該都是一些達官貴人、最厲害的獵人和最偉大的首領，天曉得？反正，我們無法得知他們的埋葬儀式。總之，每個人所受到的社會待遇都不相同。

例如呢？

我們在一些小孩子的墓穴裡發現了「貴重的」家具，這證明了權貴是與生俱來的東西，因為小孩子不可能因為擁有強壯的體能、智慧或財富而獲得社會的敬重。距今五千年前，在法國的阿爾莫里卡（Armorique），唯有最權貴的人死後才享有墓穴葬法的禮遇。不久後，史前時代的一些巨石建築和宏偉的石墓，也都具有同樣的意義，都是某種權貴的象徵。

巨石建築的應用也是從近東地區傳進歐洲的嗎？

我們相信在新石器時代的某個階段有一群專門建造石室冢墓的人，也就是一群信仰巨石宗教的傳教士，他們可能來自於地中海東岸。這種說法根本不正確。巨石建築的觀念並非來自於近東地區，它是某些地區的特色，是某一個時期的產物，和我們在喀薩斯（Caucase）、馬爾他島、非洲北部或者阿爾莫里卡所見到的不同……

巨石潮流

這讓我們連想到布列塔尼的那些巨大石墓……

經過放射性碳的照射，我們知道布列塔尼的那些巨大石墓比以色列、約旦或者敘利亞的石墓更古老。那是一群墓穴，裡面有一條走廊，可以通到一間小房間，這樣的墓穴通常蓋在小山丘下。現今我們仍然可以看到一些用石塊建造，有點兒像屋頂的巨大石桌。

所以，這一切和克爾特族人完全沒有關係？

沒有！和我們過去的想法相反，石墓的發明早於克爾特族人（Celte）出現之前，所以石墓和克爾特族文化一點兒關係也沒有：這一切全部是「克爾特教徒」在十八世紀和十九世紀間捏造出來的說法。石墓是史前時代的產物，我們在法國南部和布列塔尼已經挖掘到愈來愈多的石墓！

大家都知道，這些巨石建築和史前時代的糙石巨柱不同，但是到底有什麼不同呢？

糙石巨柱是一些豎立在地上的石塊，直挺向天，它們不是古墓穴，而是石碑、里程碑、紀念碑，或是一些用來祈神祭拜的地方。以布列塔尼的卡禾納克巨石林為例，大家都認為它們代表星座。但是，這種說法只是一種假設。阿爾莫里卡的某些糙石巨柱顯然比布列塔尼的石墓還要古老，但是有一些則和石墓同一個時期，另一些則可能是近代的產物……

爲何那些石墓都那麼巨大？

或許是為了象徵永恆，希望能夠永留世間。但是，也有可能是當時人類好大喜功的心態。反正都是權力的象徵：用來鞏固自己的地盤，作為家族的地標。於是，這些石墓便成了當地環境和社會的景觀。

大地與野牛

這些最早以村落為家的人類可能和他們祖先的信仰不同。尚·柯洛特提出這樣的假設：我們不相信他們會把神祇般的動物養在牛欄裡。

當時的人很可能已經分成幾個團體，各自信仰自己喜歡的宗教，所以他們所祭拜的神祇也不一樣。以近東地區為例，我們找到了許多野牛和豐腴女人的小雕像，這些或許都具有宗教意義。

什麼意義？

我們可以想像野牛應該是男人、武力和英勇的象徵；而大地和繁殖則是女人的象徵。我們發現它們通常都擁有雙重意義：野牛代表暴風雨和天空，它可以和雷電一起滋養大地；而女人就是大地，負責繁殖的工作，並賜與植物和生物生命。但是，一幅在安納托利亞所發現的距今九千年前的野牛繪畫，和一幅在撒丁島（Sardaigne）墓穴內所發現的距今六千年前的野牛繪畫，其所包含的意義相同嗎？我們完全不敢確定。或許這一幅代表的是生命，另一幅則是死亡。

所以，並沒有任何一個統一的宗教從近東地區，隨著新石器時代的進化傳入歐洲？

或許最早的歐洲農民還是受到了某種統一宗教的基本精神影響……但是，每一種文明都有自己獨特的宗教圖騰和文化。農業文明之初，例如在安納托利亞，只要有村莊，就有人定居於上。所以，我們可以在某些村莊裡發現一些被拿來祭祀神鬼的頭顱。

拿人類去祭祀鬼神？

或許吧。在地中海西岸的某些地區，還有人吃人的習慣呢：人類的骨頭和動物骨頭的下場都一樣。他們是不是專門吃人肉的食肉族啊？或者這一切和宗教有關，代表將敵人的力量佔為己有或者是獲取神祇的神力？也或者這樣的習慣和死者有關，吃他們的肉只是死亡祭典的習俗之一，一種對待屍體的特殊方式。

多子多孫的女人

當時盛行的農業，應該也和祭典與傳統脫離不了關係。

當時的祭典全都和農業有關。儘管當時的社會已經以某種方式脫離了大自然的束縛，但是卻以另一種方式仰賴大自然：從此之後，人類必須靠天吃飯，必須仰賴雨水和陽光等……有時候還會出現乾旱或者流行病，所以人類就必須向天祈雨，希望農作物能夠重新生長，人類能夠有糧食吃。

此時的天神地鬼都很受人敬重。

至少有一部分。因為宗教的目的就是幫助人類逃離平日的空虛以及只注重實質利益的生活，讓人得以思考宗教所描繪的另一個世界和神的偉大。或許，特別是逃離那種日復一日的生活，例如人類的出生、生活和死亡；植物的發芽、成長和死亡以及下一季春天的再發芽、再成長和再死亡等……此時期的一些小雕像全都象徵這種永世生生不息，日復一日的世界。

那些小雕像看起來像什麼？

例如有一些是正在生產的女人，雙腿之間還見得到一顆小嬰兒頭（距今九千年前）。它代表的是生命。至於男性雕像，只見到一些野牛的頭顱。還有一些豐腴的女人雕像，雙手之間抱著一個小人兒。那是一個嬰孩（代表創作）還是一個男人（代表再生）？反正，後者只是配角而已。

所以那些雕像主要都是女性。

通常是……那些小雕像通常都是圓形狀，象徵擁有健康和生殖力的女人。所以，許多祭拜儀式都以女人雕像作為象徵，因為女人繁殖生命，就像大地賦予植物生命一樣。在近東地區，我們可以看到一位女天神，她唯有蹲在一位在她體內注入肥沃種子的男天神身上，才可能生出植物。從此時期開始，農業也代表性愛。相反地，我們很少在歐洲北部看到這種雕像，或許那些地區的祭拜意義和近東地區不同。

總之，繁殖是該時期最常見的象徵符號。

對。我們在義大利的阿迪傑河谷（Adige）找到了一尊七千年前的小雕像，對我而言，那是新石器時代的思唯象徵：那是一尊乳房豐腴的女人雕像，坐在流滿了鮮紅血液的澡盆裡，敞開的性器官裡長出一棵植物。那個女人給了植物生命和再生的血液……這就是整個新石器時代的寫照，其中還隱含著一些宗教觀念。此外，幾千年來，人類對宗教的看法應該早已隨著時間而有所改變了。

在此時期以前，那些畫在岩壁和洞穴裡的藝術作品，也都和剛剛您所說的那些雕像一樣，具有同樣的象徵意義嗎？

此時期的大部分繪畫內容，和我們所預期的不同，他們不畫農耕生活，而是一些狩獵的場景。之後，如同我們在義大利巴帝斯可海港考古地所見到的藝術一樣，此時的藝術更具象徵性、更抽象，他們畫太陽、渦形物、十字架、漩渦……好像當時的人類較有智慧，較有藝術細胞。從此，若不稍微具備一點兒藝術知識，便無法看懂他們的作品。

短暫的家庭觀念

我們對此時期的家庭生活有多少的了解？最早的農業社會也過著一夫一妻的生活嗎？

有人說原子核般的家庭結構，也就是——男人、女人和小孩，是新石器時代最古老的社會基本結構。另一些人的看法則正好相反，他們認為剛開始時，大家混居在一起。然而，事實究竟如何，誰也說不清楚。很有可能的是，在新石器時代，家庭的觀念很短暫、很模糊，小孩子可能是由整個社會一起扶養長大，也有可能由自己的父母單獨扶養。但是，可以肯定的是，此時人類已經過起定居生活。

有關最早的村落組織情形和他們的居家擺設，您可以跟我們解釋一下嗎？

新石器時代的房舍大小，隨著各地的文化和時間的進展而有所不同。歐洲東南部的房子較小，以三到五人居住為主。但是，或許可以住進更多的人？人種學家提出過一些例子，當時有些人白天在外面生活，到了夜晚才進入小茅草屋休息。至於新石器時期，多瑙河邊的大型住家，屋內是否可以容納較多的家庭？是否兄弟姐妹或者表兄弟姐妹都住在一起呢？當然，只要參觀過當時的墓穴，就可以了解當時早有一夫一妻制度。但是，也有可能是一夫多妻制。大家別忘了此時人類社會早已經存在，而且十分的分歧，或許當時尚無世界通行的夫妻制度。

您剛說過，女人代表繁殖。野牛和男人代表獵人……聽起來兩性並不平等。

我們經常聽人說，在狩獵的時代，男人負責打獵，女人負責採食。受限於懷孕和照顧小孩，女人只能做些靜態的工作，負責看守家園。而男人則代表活力和行動……這根本是一種陳腔濫調的說法。顯然在定居的時代，男人必須負責農耕和飼養家畜，所以只有少部分的時間可以去打獵；至於女人，則負責田野裡的工作。所以，女人種植蔬菜，男人照顧家畜。但是，也有例外的情形。我們研究過阿布胡賴拉遺址（Abu Hureyra）上所發現的某些人類遺骸的關節和骨頭，我們發現這些遺骸的「主人」生前經常彎著腰，用石磨磨穀子，以便將穀子磨成麵粉。而且，男人比女人更常從事這種家事。

男權與女權

您知道男人或女人，誰的權力比較大嗎？

定居生活和農耕生活對女人比較有利，她們是社會穩定的基礎。據說當時盛行母系制度……人類學家對此說法持保留態度，他們說：在我們所研究過的大部分的狩獵兼採食生活當中，握有權力的是男人……新石器時代的典型圖騰把女人當成是生命的泉源，可惜這並不表示女人就擁有社會權力。

那些著名的墓穴裡，都沒有象徵兩性微妙關係的東西嗎？

通常男人都位居領導地位。在拉丁姆（Latium）一座建於距今五千年前的地下墓穴，我們看到有個男人坐在王位上，面前有箭筒、盤子、碗和匕首，牆邊則蹲著一個頭顱被打穿的女人。我們猜想後者應該是給她的主人陪葬的……然而，我們也見過相反的例子：在美索不達米亞，在那些新近被發現的著名的烏爾墓穴當中，我們發現有位「女王」坐在王位上，身邊放滿了金銀財富——那是我們所見過最美麗的家具。她的身邊還圍繞了幾十個人，都是陪葬的隨從。所以，隨著文化和時代，兩性關係各有消長。

女人代表繁殖、農業生產和文明的誕生……但是，這畢竟是一則美麗的傳說，真的只是一種傳說而已嗎？

一九七〇年代，女性主義以此為題，發表了許多著作。她們認為，農業是一種女性化的產物。從此，女人在社會上扮演關鍵性的角色。她們負責穩定村莊，甚至解救村莊，而狩獵活動只是偶爾為之。所以，新石器時代是女人的黃金時代。後來男人才重新佔上風，父系社會的形成則是隨著某些技術，例如需要人力的犁車和吃重的畜牧業的發展而逐步建立。這是種投機的說法。

您個人的看法呢？

人類學家的研究結果顯示：就算在某些社會裡，家族的延續需要靠女性，女性依然沒有取得領導的地位。我認為男女這兩個端點之間應該存有一個平衡點。權力不完全屬於男性，也不屬於女性，應該是屬於整個家族或宗族。總之，不管是女性主義或者大男人主義，都無法對新石器時代提出一個合理的解釋。

屠殺行為的濫觴

我想在那個以擴張土地爲目的，開始擁有佔爲己有觀念的年代裡，人類之間應該會發生忌妒、貪婪、爭吵、衝突和戰爭……

還沒有發展出以士兵和武器為主力的戰爭：這類型的戰爭首次出現的時間是在五千

年前，地點在美索不達米亞。但是，沒錯，有衝突發生，原因是為了爭奪財富、土地或者為了復仇和雪恥，而且衝突的發生也隨著人口的增加和密集而愈演愈烈。當人類開始過起定居的生活，狩獵的土地自然就變小了。於是，便引發了爭吵、衝突等事件……

還找得到衝突的遺跡嗎？

我們在蘇丹的傑貝爾·沙哈拉，一座建造於一萬三千年前的大型古墓裡，發現了六十具屍體，其中有二十具屍體被箭刺死，有些甚至連中了幾箭……我們還在德國一座建造於七千年前的墓穴裡發現了三十三具屍體，有男人、女人和小孩，他們的頭部全都被人用石斧擊傷……顯然，從新石器時代開始，人類便相互攻擊。但是，不管是被殺還是殺人，我們都無法提出一個正確的解釋。

總之，生活在該時期的人類壽命都不長。

小孩的死亡率很高。某些考古學家說，四分之一的小孩死於出生時，另外四分之一活不過十歲。一般人的平均壽命很短，大約是三十歲。但是我們知道某些人還是可以活到六十歲，甚至七十歲。男人因為生活在缺乏衛生的環境下，又經常接觸動物，所以容易染上疾病，例如：天花、結核病、布魯氏菌病、傷寒等……他們還經常為關節炎和當時盛行的一些鄉村病所苦。他們還有齲齒的毛病……

他們懂得醫療嗎？

既然肌膚無法保存，我們只能觀察他們的骨頭。此時期的人類懂得利用馬頸軛解決骨折的問題。也懂得進行奇怪的穿骨術，不知道是為了治療癲癇和頭痛？或者是一種宗教儀式？然而，可以肯定的是：他們經常進行穿骨術，而且接受穿骨術的人都還繼續活著（我們還可以看到他們頭頂上的疤痕）。我們甚至發現有顆頭顱在過世之後，被穿了第二個洞，看起來是基於好奇的理由，是為了釐清死亡的原因，所以該時期的「外科醫生」應該已經具備科學的精神了。

國家的雛形

新石器時代的大轉變，大約在什麼時候結束？

在距今三千年前劃下完美的句點：美索不達米亞的蘇美人發明了書寫文字；埃及的人口大量集中在尼羅河岸，而且首次團結在法老文明之下。其他的地方也結束了史前歷史，考古學家將往後的幾個年代分別稱為：「銅器時期」（距今五千年至六千年前）、「青銅器時期」（距今四千二百年至二千八百年前）、「鐵器時期」（距今二千八百年前）……但是，這樣的分類其實沒有多大的意義。事實上，歷史無法分段，因為都是同一個歷史。

而且是同一種生活方式？

經濟的發展永遠建立在農業和畜牧之上，但是生活方式則愈來愈複雜：人類在地中海東岸建造皇宮和城牆，這表示當時已經出現更強大、階級更明顯、分工更仔細的組織。出現了一些無需從事糧食生產的人，一些專門負責打造金屬、陶器、岩石和皮革等的手工藝家。還有，在社會金字塔的頂端，有一個統治階級，負責糧食的分配和解決紛爭。國家的基本精神已然成立。

期望平等的誕生

單純地想在某個地方「落腳」，在某塊土地上定居，一群人於是組成一個聚落，沒想到竟然導致權力和不平等制度的誕生。

對。但是，我心想這種現象其實只是回歸到人類最初的不平等原點。

爲什麼說是回歸？

讓我們回顧一下那個古老的年代，那些舊石器時代的原始人。他們所生活的那個野蠻世界，其實是個很不平等的世界。他們自訂規則和禁忌，他們區分自己與動物的不同。種族學上的許多比較結果告訴我們，這些由獵人兼採食者所組成的小團體，彼此十分地團結合作。獵人負責射殺野獸，並且有權力將牠們宰殺，然後將肉塊分贈給同伴……分享是必要的行為，可以保護自己，因為明天對方有可能會回贈他另外的野味。所以懂得分享，才有可能得到別人的回報。

在一個不平等的世界，人類先是發明了平等制度，後來又變成不平等……

沒錯。平等的權力是人類的發明，為的是反對動物之間的不平等，況且這也是人類動物的本性。一個團結的社會必須注重每一個人在某種程度上的需求，以狩獵為生的世界，彼此之間沒有太大的不同。但是，隨著村落的誕生和糧食的增加，不平等的現象就愈來愈明顯了……

太陽底下無新鮮事

統治大自然讓人類興起了統治人類的欲望……所以新石器時代反而開倒車了？

恐怕是吧。讓我們想像一下這個時期的人類：他們努力地統治生物世界，他們栽種植物和畜養動物，他們成功地駕馭了大自然……我覺得這些成就讓他們得意忘形，驕傲得有點兒昏了頭！他們有強烈的好勝心，他們以征服者和統治者自居。於是，他們便試著將這種統治手段應用在人類自己身上。

可惜，已經來不及回頭了。人類已經開始動手了……

歷史的發展不是直線進行，其中必然有高潮和低潮。例如，大約在五千八百年前，美索不達米亞正處飛黃騰達的時期，賽浦路斯則一路走下坡，村莊瓦解，人口銳減。新石器時代也是一樣。但是，沒有人會責怪農業或畜牧業的發明，也不會責怪定居生活的出現所帶來的權力之爭和所製造的財富。

您好像曾經跟我們描述過那個人類戰勝大自然，卻失去自由的年代。

最早的農業社會，大家彼此相互倚賴。不久之後，人類便過起團體生活。地區性的小「首都」四周，村落發展迅速，之後更形成城市。這些城市變成了市集，變成了舉行慶典和日常聚會的場所。城市裡的聯盟和合作關係，替人類解決了一些紛爭。但是，人類之間還是經常發生衝突，甚至開戰。最後，人類最凶惡，一如他的最善良的本性終於暴露無遺。從此時期開始，不管人類之間發生任何大驚小怪的事情，都不足為奇。

後記

現在呢？人類到底如何超越自己的本能？我們真的已經脫離了史前時代？我們想知道，我們擔心……我們還有可能寫下人類最美麗的故事的續篇嗎？

融合是分歧的開始

多明尼克・席孟內：經過了幾萬年，我們才成爲現在的我們。我們之前曾經談過，從史前時代以來、人類開始產生分歧的過程。隨著交易的世界化，現在我們是否已經可以走向人類大融合之後的統一世界了呢？

安德烈・郎嘉內：還不行，所謂「人類融合」的定義，其實還很模糊。目前，世界上只有百分之十的人口，進行過長距離的遷徙和移民，只有六千萬的人口居住在人種混居的地區；這些地區有些是大城市，有些則是古老的奴隸集中地——例如巴西和印度洋地區——各種不同的民族，即便是身為奴隸，都在歷史巨輪的帶動下，於這些地區相遇。其他的人則從未遷徙，他們終身定居在同一個地方，和他們的同胞生活在一起。

這種情形正在逐漸改變……

對，隨著大城市的興起，這種情形正在逐漸改變。但是人口最密集的區域，包括中國、亞洲和印度，我們只看到當地的人口大量地進行內部大融合，卻看不到世界人口的加入。所以，真正說得上人口大熔爐的城市並不算多。

據說人類經過融合之後，將製造出愈來愈多的混血兒。這就有點兒像是歐蕾咖啡……

這也是一種錯誤的觀念。這樣的比喻完全錯誤：一般人以為黑人和白人混合，一定會生出擁有像歐蕾咖啡般美麗中間膚色的小孩。對於第一代的混血兒來說，的確是如此，他們的膚色通常都很中庸，介於爸爸和媽媽的膚色之間。但是，基因學家很清楚，從混血的第二代開始，他們的外貌一般將遺傳自祖父母，個性則偏向父母。

那麼，結果是什麼樣子呢？

假如我們想知道長期混血的結果，可以參考一下巴西人：在他們的基因裡，擁有少部分的美洲印地安人血統、較強的非洲人血統和很強的歐洲人血統。或者我們也可以觀察一下那些印度洋上的島民：從古早開始，這裡便大量引進來自非洲、印度和中東的奴隸。結果呢？完全不是所謂典型的歐蕾咖啡，而且正好相反，出現體型迥異，個性綜合的混血人種。他們和自己的原始組先完全不同，例如他們有短而捲的金髮、藍色的鳳眼等……

所以沒有典型的混血品種？

正好相反。因此，那種想以混血品種為媒介，讓原始品種消失，產生另一些統一品種的觀念根本錯得離譜。我們無法將兩種基因混合，得出另一種中庸的基因。兩種基因之間不會彼此稀釋，它們只會在每一代的發展過程中，以不同的方式重新組合，而其原始形式其實是不會改變的。融合只會讓人種愈來愈分歧，而不是降低它的分歧性。

逐漸消失的語言

那麼，這是一個好消息；人類分歧的現象會繼續存在，或許還會愈演愈烈。至於我們之前談過的，人類的另一種發明：語言分歧，它的結果又是如何呢？

這個嘛，這可是個壞消息。語言在世界上的地位可說是一則傳奇。目前許多語言正在逐漸消失當中：許多語言似乎隨著歷史的演變而銷聲匿跡。統治者經常設法消除被統治者的語言，甚至連根剷除。因此，現在我們所失去的語言，比過去都還要多。

是因爲世界化的關係嗎？

當然。在新石器時代，每個村落都有自己的方言：一種大約有五百個人使用的語言。今天，每個人類團體的平均人數已經改變，電視限制了方言的發展，南北地區的語言分界線愈來愈模糊。即使在塞內加爾東部或者其他某個小城鎮，有二千個人正努力捍衛自己的地方方言，可惜最終都將和布列塔尼語以及巴斯克語一樣，遭到悲慘的下場。方言變成一種文化裝飾，而非通行語言，世界各地普遍都存在這種現象。目前，世界上已少有地方語言可以自由流通、成長和順利存活。

您對後續的發展有何看法？

最不常被人使用的語言將會消失。某些語言學家更斷言：二十年後，世界上有百分之九十五的語言將完全消失！這種說法或許很快便會成真。但是，擁有與大多數人溝通的能力，無疑將成為全世界的一個基本法則，所以英語、中文、俄語、阿拉伯語和某些目前印度人和非洲人所使用的語言，將展開一場語言爭奪大戰。

人權優先

所以，受到威脅的是我們多樣的文化，而不是多樣的生理構造。

只要人口不大量銳減，我們的基因就很安全。但是，人類的生活方式，也就是全球性的文化正趨於統一。然而，我相信文化有超乎我們想像的能力，足以抵擋統一的趨勢。總之，只要我們願意，人類總有能力可以繼續保持文化的多樣性……

但是人類真的願意那樣做嗎？

如果人類失去了多樣性的文化，科學家們將會深感遺憾。人種學家將目睹他們的「研究題材」從指尖滑落……但是，世界上有哪一些人願意以「保護文化」為藉口，遠離外界醫療的協助，也不接受現代科技的幫助，繼續過著和我們的始祖在五千年前，或者半個世紀前澳大利亞原住民一樣的生活呢？沒有人願意。我們想像中那些住在洞穴裡的人類早已進化了，再也沒有人願意生活在石器時代。一旦人類擁有選擇的機會，他們一定會選擇現代化的生活。而所謂的「現代化」，就是失去多元性的文化傳統。

只有西方人有空爲多元文化的消失而哭泣？

沒錯。我們不應該建立那種將人類分門別類、看起來有點兒像宗教的觀念，這樣的觀念強調與眾不同、異國情調，或者還帶點兒特殊的風貌。在全球的文化中，有一些行為是非人性的，這個部分我們應該要全力抵制。人類不應該以文化或者差異為藉口，而將小偷的手砍掉，或者替未成年人行去勢之禮……誰都沒有權力歧視任何人。而且，誰也無法強迫我們接受那些我們認為非人性的行為。就某方面而言，現在全世界正試著在各種不同的文化當中尋求共通點；透過各個國際組織所制定的規範和法則，全球的文化正逐漸趨向統一。然而，唯有全世界的人達成共識之後，人權才有意義。所以，管他什麼多樣化！

史前時代的觀念

學者們在面對這些問題時，是否也有道德壓力？

那些擁有科學知識或者承傳知識的人，必須對社會負一些責任。當某些人基於某種意識形態，口出狂言，到處散播法國的人口即將滅種的說法時，其他的法國人應該大聲斥責那些騙子。當法國的極右派政黨強調種族之分，並且宣稱某些種族的能力和才幹比不上另外一些種族時，其他的法國人也應該大聲告訴他們這種說法是沒有科學根據的。

可惜，世界上並非只有法國人擁有如此偏見。

沒錯。直到目前為止，美國聯邦調查局還是會透過基因的特徵，推斷嫌犯的血統，也就是所謂的「種族」。法國也是：有一天，有幾位法警專家問我是否可以幫他們找出一些鑑定基因的方法，好讓他們可以區分哪一些人是北非人。這樣的要求真是荒謬，因為地中海在北非和歐洲之間所扮演的功能並非障礙，而是聯繫。早在八千年前，人類就航行在地中海上，北非和歐洲兩地的居民早就分不清你我了……儘管科技可以帶來超高水準的進步。可惜，人類的觀念有時候還是很落後！

就算是沒有科學根據，「種族」這個字還是常被人掛在嘴邊。

對。連學者專家們都不想改變。光憑這個字，我們根本無法區分一般人的穿衣、打扮、舉止和動作有何差別。當然，沒有人會認為愛斯基摩人看起來像俾格米人（Pygmée），因為他們的外貌相差十萬八千里。但是，我們還是不想說人類的外表特徵彼此之間沒有差別，也不想斷定無法從人類的外表判斷他們屬於某個種族或遺傳自某種基因。我有個突尼西亞的朋友，是一個說阿拉伯語的回教徒，當他走在路上時，一般人會誤以為他是愛爾蘭人，這是因為他的紅髮、白皙的膚色，以及布滿雀斑的臉龐。既然身為一個免疫學家，於是他以自己作為實驗品，做了幾個測試，結果發現自己擁有兩種強烈的基因，而且其中一種是非洲人特有的基因！所以，這個人長得很北歐，擁有非洲血統，但卻是個突尼西亞人，而且還是個優秀的免疫學家……

基於道德，您不相信外表。但是，我們總不可能凡事都向科學求證吧……

的確是不可能。但是，我們都是公民，都生活在有法律規範的國家。我們的憲法明文規定，在我們的社會裡，不得以個人的外貌、信仰、血統、文化或其他特徵……斷定一個人。所以，以種族外貌特徵作為是否接受他人的標準，這樣的舉動是無法被接受的。每個人都應該負起責任，抵制這種歧視他人的態度。

您認為這是進步嗎？

當我們檢視人類動物在二十世紀末的表現，我們認爲人類其實還沒有完全脫離史前生活。如今，這個令人驚奇的人類歷史到底走到了哪個階段？請您做個簡單的回顧，您眞的還是認爲人類永遠都在「進化」當中嗎？

今日，多虧技術的幫忙，讓我們得以順利地進行文化的承傳工作。人們口中的進步，所指涉的是關注的對象和價值的判斷。但是，「進步」的真正定義又是什麼呢？假如我們以基因學的術語解釋，海草和蝴蝶的DNA都比人類進步。假如以物種的數量發展為例，那麼蚯蚓顯然遠勝過人類一籌。

那麼，讓我們談一下人類脫離和改變大自然的能力吧……

無可諱言，某些時期，其他物種對大自然的改變比人類的貢獻還多。世界上最早的植物，改變了環境的組織，為地球帶來了氧氣，開啟了生命之門。當然，目前人類對地球的破壞也貢獻良多……人類所擁有的特性，不僅是包含會說兩個音節以上的語言，或者如前所述，將人類分門別類，人類還懂得計劃和提前實現計劃。人類的計劃不再是為了解決生活上的問題，也不是因應環境所需，而是人類自己決定切斷與大自然的關係，採取另一種生活方式。於是，人類控制、決定和發明社會制度。但是這樣的選擇必須能夠持久，並且適合全世界的全體居民才算成功。可惜，完全不是那麼一回事。

您認爲人類的目的有可能實現嗎？

我個人很務實。一方面，單從人類的政治、文化和生理的發展而言，人類之間絕對有溝通的能力，有分享資源、技術和知識的能力。但是在另一方面，我們知道各大洲之間，人類因為人口銳減和相互廝殺，導致破壞連連。還有，在各個社會和文化當中，人類最厲害的能力還是攻擊自己的鄰國或者將對方的東西佔為己有。通常，最繁榮的地區都是最和平的地區。了解人類為何喜歡抓對廝殺，不愛分工合作，並且對症下藥，應該才是新的千禧年裡人類最應該努力的計劃。

想像豐富的文化資產

多明尼克・席孟內：人類的計劃，誠如安德烈・郎嘉內所言，就是終結與大自然的關係，並且利用想像力、藝術和宗教等超越大自然……那些原始祖先的文化對今日的人類還有影響嗎？

尚・柯洛特：當然有。我們的想法、行為以及面對環境的各種態度，依然和我們的祖先有著密不可分的關係：同中有異，其實就是人類的最佳寫照。連我們的想像力都和他們有關……我們知道那種繪畫或雕刻在岩壁或戶外的壁畫藝術，是唯一幾萬年以來，人類在五大洲從未間斷過的文化表現！我們可以在世界各地，包括斯堪地那維亞半島、西伯利亞和非洲等地，見到壁畫和石刻藝術。

但是，人類早就不到岩洞裡去和洞裡的神靈對話了。

我們在馬雅文化裡還看得到一些類似的傳統，例如他們也在洞穴裡作畫。在多明尼加共和國，有些人甚至會進入洞穴深處，去吸食一種迷幻藥草……除了某些特例之外，在洞穴裡進行宗教儀式其實是史前文化特有的東西，而且只有人類會如此做。人類其實隨時隨地都在從事壁畫藝術。

有什麼目的嗎？

為了記錄祖先的傳奇、表達自己的信仰，或者只是單純地想描述一些故事。在美國北部的奧瑞岡州和華盛頓州，有些印地安人的壁畫上經常畫著一位被白人抬著、誕生於十八世紀的病魔女神。我們還可以在義大利一處河谷的石刻作品中看到從新石器時代到中古世紀的各種作品：手持盾牌、長劍和標槍的戰士，羅馬文字，以及畫著十字架的中古世紀教堂等……

文化本位主義

藝術家在壁上作畫一直到什麼時候才結束？

非洲和美洲一直延續到十九世紀末，澳洲則持續至今，而且仍隨處可見古老的傳統。某些地區依然保留從遠古時代遺留下來的宗教儀式，這是因為在那些地方的生活方式並沒有太大的改變。之後，當族群中最後一位執行該宗教儀式的人過世之後，傳統藝術也就跟著消失，因為傳統藝術的承傳方式靠得是口耳相傳。因此，就在不久前，壁畫藝術幾乎已經成了化石藝術。

這樣的壁畫藝術就像是一本被打開的書，書中所有的扉頁散落在世界各地，而我們只能重新撿回歷史的一部分，以及零零落落的祖先記憶……

這本書中包含了一座世界最神奇的博物館，一份人類的文物遺產，當然其價值是屬於全人類的。奇怪的是，除了某些地方之外，這些文物古蹟都沒有受到保護。而且一旦有人發現它們的重要性，這些文物遺產隨即慘遭大規模的破壞。

是誰對它們下的毒手？

不管在室內或戶外，它們全都受到各式各樣的威脅。當然，包括來自大自然的威脅：在太陽、冰雪和雨水的肆虐下，它們的情況每況愈下……還有人類：在北歐，因為工業污染所產生的酸雨，嚴重地破壞了斯堪地那維亞島上的石刻作品。此外，世界各地的文物破壞狂，總是想盡辦法將所有的古蹟全都消滅：某些國家甚至將石刻壁畫切成數塊，對外銷售。當然，各大洲積極推行的鄉村城市化和工業化也是幫凶。

目前世界各地對古文物的迷戀逐日增強，難道沒有幫助嗎？

美國的幾千個壁畫古蹟地點，受到保護的可說是少之又少：他們摧毀一些特殊的壁畫，只為了建造畜牧場和水庫。美國西部大草原上的古蹟更是滿目瘡痍！其他許多國家，例如中國、俄國和葡萄牙（塔基河谷【Tage】……），為了建造水庫，寧願讓許多珍貴的古蹟石沉大海。五十年內，假如人類不再加快腳步保護古蹟的話，一大部分的古蹟必將永遠消失！

那麼，該怎麼做呢？

大家必須有個共識，各國都應該針對自己國內的古蹟進行清查、研究和詳列清單……每個人都應該動起來，千萬別讓另一張梵谷的畫被送到國外去。為什麼大家不願意一起來保護那些珍貴的壁畫呢？

您怎麼解讀西方人對壁畫漠不關心的心態，而且也還是有很多人花了大量心血，努力保存古埃及的藝術啊？

西方人對於不直接屬於自己的文化，例如非洲和印度藝術，總是比較漠不關心。例如，大部分的美國人，只對於歐洲藝術有興趣，因為可以從中找到他們自己的根源。就某方面而言，每個西方人都有點兒文化本位主義。

連洞穴都死了

那些著名的洞穴，那些史前藝術的瑰寶，也受到同樣的威脅嗎？

一如大地一樣，那些洞穴早就死了，而且是從被人類發現的那一刻開始便永遠地死了。若是想要拯救它們，就必須保護那些地點，因為它們都很脆弱。例如，一場發生在貝緒梅勒（位於洛特河【Le Lot】）的大火，將引發無法估計的災難；只要下一場傾盆大雨，所有的雨水便將倒灌進洞穴裡去。所以，我們不僅應該保護岩洞，也應該保護岩洞附近的環境生態。

人類眞的一點兒也不關心嗎……

真的。從前，當我們挖掘一個洞穴時，經常可以找到燧石或者弓箭的箭心。我們會把它們留下來當作紀念品……一九二五年，為了挖掘尼歐洞穴裡一條被湖心堵住的新通道，布賀宜神父甚至將整片的石筍鐘乳岩洞炸毀，以便將湖水排出。用炸藥轟炸一個古蹟地點！那些岩洞已經有一萬五千年的歷史了，原本我們以為它們可以永垂不朽。

一九五〇年，法國拉斯科岩洞也差點兒被觀光客蹂躪殆盡……

有一天，我們發現某些鐘乳石上的水滴變色了，壁畫開始變得模糊。導致這個情況的原因是大量湧入的觀光客徹底改變了岩洞裡的生態環境：洞裡的氣溫上升，水蒸氣黏在壁畫上，甚至連水草都長出寄生蟲等……所以，這就是為什麼我們要複製一座同樣的岩洞供觀光客欣賞，卻把真正的岩洞封閉起來的原因。

現在的人應該不會再做那種蠢事了吧。

少多了。今日的洞穴學者不再學習如何挖掘洞穴，而是學習如何保護洞穴。考古專家也是一樣。人們在開發一條高速公路或者隧道前，一定會事先做勘察的工作。現在，大家都徹底奉行一條醫事人員的金科玉律：「Primum non nocere」，意思是說：醫療的首要條件就是避免傷害。可見大家愈來愈能夠了解應該將人類的文物遺產留給下一代子孫。

除了洞穴藝術之外，我們的祖先還遺留了些什麼其他的文物遺產嗎？

十九世紀以前，世界上還有幾座保有傳統文化的小島嶼。某些地區，例如新幾內亞，那裡的居民甚至從未與白人接觸過。但是，現在這種情形已經結束了。現今這個年代，世上再也找不到沒有被文明污染的處女地，我們再也見不到未受文明洗禮的全新人類，再也找不到保有傳統生活的人類。年輕人寧願離開家鄉，定居在大城市裡。可惜，他們經常因為染上毒癮和酗酒，反而成了無產階級中慘遭剝削的一群。而且，他們的傳統更隨著他們銷聲匿跡。

活藝術的世界末日

世界上再也沒有傳統藝術了嗎？

在西方世界的影響之下，所有的文化不是發展就是變化迅速。世界上永遠都有傳統文化，無論在美洲、亞洲、非洲或者澳洲，都有人極力保存傳統文化，保留他們的傳統生活模式。此外，在世界各地，在人種學家和考古學家的支持之下，大家偶爾也會努力地讓消失的傳統文化再度復活。至於其他地方，新世紀潮流運動則試著發揚古老的文化……但是，我覺得後者的態度似乎不夠嚴謹。

您不贊成他們的作法？

當文化走過歷史還能夠永垂不朽時，人們自然會想保存它。但是，當文化已經消失了，是否還需要用人為的方式來喚醒它呢？藝術和宗教早已深入我們的日常生活，我們無法將兩者分開。在澳大利亞，有一些人在考古學家的鼓勵之下，重新替幾千年前的壁畫上色；他們所持的理由是：那些壁畫是他們的東西，所以他們有權單獨做這樣的決定。假如羅馬教廷以保護宗教文化為藉口，允許畫家以新穎的壁畫方式重新粉飾西斯汀教堂的天花板，那麼我們歐洲人不哇哇叫才怪！

老祖宗的訓誨

您花了大半輩子的時間，窩在寂靜的洞穴裡，沉浸在我們老祖宗的想像世界中，我想您一定有所感觸吧！那麼，您認爲人類的「進步」果眞如安德烈・郎嘉內所說的那麼嚴肅嗎？

大家總以為人類不斷地在進步當中。然而，這樣的想法其實源自於啟蒙時代，而且應該細說分明。如果說人類對世界科學感興趣，當然就會覺得這個世界不斷地在進步。但是，人類的價值觀和道德行為真的也跟著進步了嗎？我們對待大自然的態度變友善了嗎？

您的想法呢？

過去幾十年來，人類從未好好地對待自己所生活的地球，甚至對它傷害極深，目的只是為了追求人類的生存。我們想統治大自然，卻傷害了大自然……這讓我連想起美洲的印地安人、南非的寶奇曼原住民，或者澳大利亞的原住民，他們的觀念有時候真的比我們進步太多了……

什麼觀念？

當第一批歐洲統治者抵達澳大利亞時，他們問當地的原住民：「這塊土地是誰的？」

後者不知道該怎麼回答。他們覺得那樣的問法很奇怪，因為對他們而言，大地並沒有主人。在他們的文化裡，人類屬於大地，就像地上的動物和植物一樣，是大地的一部分。這個觀念真是棒透了，包含了高尚的倫理和美學。總之，這樣的觀念比那個深入我們的行為，教我們凡事佔為己有的想法美麗多了。我認為我們應該牢記這些傳統文化，記取我們老祖宗的諄諄訓誨。

是歷史，不是史前歷史

多明尼克・席孟內：您提過的發生在一萬年前的大轉變，顛覆了人類的歷史。但是，聽過了安德烈・郎嘉內和尚・柯洛特的說法之後，我再回頭觀看現在的世界，我並不確定人類過去的那一段歷史已經結束了。

尚・紀藍：人類已經存活了三百萬年，最早的二百九十九萬年過得都是狩獵兼採食的生活！所以新石器時代的大轉變根本不超過一萬年，在人類的歷史裡只佔了幾千年而已……這個階段和整個人類的冒險比起來，根本就是小巫見大巫！因此，這個關鍵時期其實離我們不遠，是現今歷史的一部分。對我而言，我們即將談論的內容並非「史前歷史」，而是「歷史」，是我們的歷史。

不是史前歷史？

不是。當然，對某些專家而言，人類的歷史應該從文字的發明開始算起，之前都只能說是「史前時代」。我認為這樣的區分一點兒也不恰當。文字只能算是一種發明，只負責記錄人類的作為。但是，人類的作為早在文字發明之前就已經存在了。人類的大轉變，前面已經提過，從定居生活開始，大約發生在一萬二千年前，從此衍生出複雜的社會生活、文明、權力，和一切決定現今生活內容的東西。

我們的特徵和我們祖先的特徵幾乎沒有差別嗎？

人們總是低估了祖先們對我們的影響，不久前還有人說手工藝家的崛起源自於青銅器時代。這是錯誤的說法：舊石器時代的獵人兼採食者已經知道如何敲打燧石，他們都是優秀的手工藝家。還有人說：直到新石器時代晚期，人類才懂得建立宗廟；這也是一個錯誤的說法，因為最早的宗廟和最初的村落同時存在……事實上，我們現在才了解所有人類的特徵其實早就存在了。

他們就是我們！

如果說我們低估了祖先的地位，或許是爲了抬舉自己吧？

或許吧……總之，當我們細心觀察他們的生活時，我們發現他們和我們一樣聰明、有創意，甚至比我們更機靈。舊石器時代的人類已經了解四季的變化，知道隨著月亮的週期安排作息；他們懂得如何推算水果的成熟期，知道馴鹿會在什麼時候經過……他們明白生命的成長週期，具有時間觀念。他們超越時代，早已想到世界的問題……那些最早選擇定居生活的人類，除了具備這些能力之外，還做了許多創新之舉，他們的智慧其實和我們相去不遠。

總之，我們一直都活在新石器時代裡。

對。他們就是我們！我們的祖先憑藉他們所擁有的技術，完成了許多成就，而且他們對自己的看法、與大自然的關係以及與其他同伴的關係，都和我們很相似。我真的看不出來他們和我們之間有什麼差別。當時的一些古文物都可以證實我的看法，舉凡珠寶、服飾、武器、美姿、權力，以及對外貌的品味等……都和我們沒什麼差別！

但是，我們的生活方式還是和他們不同！

不久前，我們的生活方式還是和他們一樣。七千年前在多瑙河大草原生活和舊體制時期在法國大草原生活有什麼差別呢？只不過多了犁車、磨坊以及幾樣新的技術而已……

……新石器時代革命一直延續到十九世紀的工業革命。新石器時代是現今歷史的根源，從那一刻開始，我們將世界人工化。

野蠻的渴望

依據這個計劃，人類的任務成功了：地球被征服、野蠻世界被控制、大自然被奴役……

從此以後，世界上再也沒有一處屬於大自然。西方世界裡，或許除了幾座山頂之外，所有的土地全被「人類化」了。地面上全是人！人改變了一切！以法國南部的森林為例，過去那裡可是長滿了矮小的橡樹林。到了新石器時代，人類放火燒了橡樹林，將它改成田園後，人類就離開了，於是森林重新出現，生物之間的競爭愈來愈仰賴大量的綠橡樹。之後，人類又回來，再次改變當地的景觀，而且愈來愈社會化。現在我們所看到的法國南部，已經失去大自然的原味。人類一直都不知道自己的世界完全被人工化了，隨處可見文化已經取代了大自然。

然而，人類繼續打獵，人類需要大自然……我們一向都脫離不了野蠻生活？

在我們的腦袋裡，還留有一點兒對古老世界的留戀，需要過原始的大自然生活。儘管我們已被馴養，被人工化了，但是我們身上的這一部分依舊繼續成長。我在前面的章節中已經提過，儘管最早的農民發現畜牧業的好處，但他們還是忍不住要從外地引進一些野生動物，只為了滿足狩獵和保留一點兒原始傳說的夢！

今天的獵人，先馴養野豬和野雞，之後再放掉牠們。這種情形其實和以前的人一樣。

人類的文化深受森林傳說的影響，我們總是想證明自己高人一等，於是偶爾也會製造一點兒原始生活，以便證明自己還可以駕馭大自然。射殺正在逃亡的野獸，讓我們有戰勝大自然的飄飄然之感，讓我們可以再重新證明自己……一萬年來，人類從未停止征服的欲望，從未停止象徵性的新石器革命。人類想證明他是地球上唯一的主人。

新石器時代的思想

在這裡，對於「人類」的定義很狹窄，我們其實並不確定人類身上屬於女性特質的那一部分，是否也眞的有意做同樣的表現。這樣的區分似乎也是源自於古老時代，所以男性依然保留了新石器時代的思想？

沒錯，就是那種戰勝者和征服者的思想。我們控制了大自然，奴役了物質……我們一直以為自己無所不能，於是我們也要向自己的同類證明自己的能力──證明我們有駕馭大自然、駕馭萬事萬物，以及駕馭其他人類的能力。

您應該聽過這一則故事：爲了過河，毒蠍子請求狐狸讓牠坐在背上，帶牠一起過

河。「我一定不會咬你，」毒蠍子如此保證，「要不然我自己也會跟著死掉啊！」狐狸因爲信任毒蠍子，就帶著牠一起過河。走到河中央的時候，毒蠍子卻將狐狸一口咬死。「爲什麼你要這樣做？」狐狸臨死前問毒蠍子。「很抱歉，」毒蠍子說，「我的本性就是如此……」所以權力和競爭也是我們的本性，是我們人類的本性？

我想是吧。我認為競爭的心態和想證明自己比別人強的欲望，永遠是人類根深蒂固的本性。

假如說我們能夠從上面這一則故事中記取一點兒教訓的話，我們就應該告訴自己，人類種下第一顆種子的時候，或許根本不知道爲自己帶來的可不是一份禮物！

撒下一顆麥子，可以取代採食三粒橡栗和兩顆梅子，讓人類可以擁有更多的存糧，養育更多的人口，強大自己的家族……但是人類被騙了！因為他同時還必須照顧田園和家畜，開墾荒地，用小斧頭收割麥田，耕耘、種植、收割等……

簡言之，就是工作。

對，人類將工作普及化，將錢財資本化，製造了財富和盈餘。但是，人類同時也製造了一個金字塔階級的社會，為自己設下愈來愈多的限制。新石器時代的農業和城市革命，反而替人類帶來了一些壞處。人類成了他所發明的產物的奴隸。他既是戰勝者，也是受害者。

進步或退步

我們之前談過的大革命和新時代，事實上是不平等社會的開端，是人類災難的開始……

一切端視我們對所謂「人類的進化」有何看法。對人類學家薩林斯（Marshall

Sahlins）而言，舊石器時代是個美好的年代。我們的獵人祖先每天只要狩獵幾個小時，便可以輕鬆地溫飽肚子，因為他們的人口不多。這是人間天堂的傳奇，所有的宗教皆有記載。緊接而來的新石器時代，一切就開始走下坡。這個時期象徵失敗、錯誤和出走伊甸園：你必須工作，必須辛苦地工作才有飯吃……眾人期待救世主的降臨，替大家找回往日的幸福。

其他的人認爲人類的歷史不斷地進步，那是人類自由進步的結果。

這是啟蒙時代和十九世紀所發展出來的進步理論。人類脫離大自然的生活，從此走上一條光明大道，走向愈來愈舒適和幸福的康莊大道……這兩種理論，不管是退步還是進步，完全看眾多宗教和哲學思想家對它們的解讀。

還有對我們所生活的經濟環境的解讀。

沒錯。那些從今日的生活中享受到現代生活的樂趣，以及居住在舒適環境裡的人，當然認為他們的生活條件比他們的祖父輩進步多了。但是，對於那些每天都得面對飢餓和困苦的失業者而言呢？他們應該會很懷念他們祖父輩所處的那個年代。人類是否進步是個主觀的看法，我們無法提出一個普遍性的說法，況且一個生活富裕、滿足的西方人和一個生活在非洲或亞洲的窮光蛋，他們對歷史一定有不同的看法。

歡樂與痛苦

對於西方現代社會和人類始祖所生活過的那個純樸世界如此了解的您，對於人類這一部最美麗的故事有何看法？

我必須說，自古以來，人類在技術和知識上有長足的進步。但是新石器時代所宣稱的那一場人類盛宴和人類的自由，依然尚未實現。世界上還有一大部分的人生活在飢餓邊緣……我想我們的命運是無可救藥的兩極化。新石器時代開啟了進步的開端，而且一直延續到現在。然而，人類每解決一個問題便得付出一次代價；每往前走一步便得後退一步；每戰勝一次大自然，便得迎接下一次新的環境挑戰；每造福一次人類，必將種下新的痛苦基因；每次獲得新的自由之後，必將受控於新的限制。難道我們只能聽天由命，認定人類將永無自由？事實上，人類的戰鬥從未結束。在人類的歷險中，永遠有快樂有悲傷，有好有壞，有小心翼翼和瘋狂大膽。這就是人類！

國家圖書館出版品預行編目資料

人類最美麗的故事／郎嘉念（André Langaney）等合著；王玲琇譯. -- 初版. -- 台北市：玉山社，2006〔民95〕
面：　　公分. --（全球智識；14）
譯自：La plus belle histoire de I'homme ： comment la terre devint humaine
ISBN 986-7375-76-9（平裝）

1.人類學　2. 演化論

390　　　　95009476

全球智識　14

人類最美麗的故事

作　　者／郎嘉念、柯洛特、紀藍、席孟年
譯　　者／王玲琇
發 行 人／魏淑貞
出 版 者／玉山社出版事業股份有限公司
台北市106仁愛路四段145號3樓之2
電話／(02) 27753736
傳眞／(02) 27753776
電子郵件地址／tipi395@ms19.hinet.net
玉山社網站網址／http://www.tipi.com.tw
郵撥／18599799　玉山社出版事業股份有限公司

樓

主　　編／蔡明雲
執行編輯／許家旗
行銷企劃／魏文信
法律顧問／魏千峰律師
排　　版／極翔企業有限公司
印　　刷／松霖彩色印刷有限公司

定價：新台幣280元
初版一刷：2006年6月

La plus belle histoire d'homme by André Langaney, Jean Clottes, Jean Guilaine et Dominique Simonnet, avec le concourts amical de Nicole Bacharan

*行政院新聞局局版北市業字第14號

玉山社／星月書房

雙向溝通卡

謝謝您購買我們出版的書，爲了提高對玉山社讀者的服務品質，煩請您詳塡下列資料，寄回給我們，我們將會隨時提供最新出版訊息給您。

姓名：________________

性別：□男　□女　婚姻：□已婚　□單身

生日：　　年　　月　　日

地址：□□□________________________________

E-mail：________________　聯絡電話：________________

職業：□A、學生　□B、服務業　□C、大眾傳播　□D、資訊業

□E、金融業　□F、SOHO族　□G、軍公教　□H、其他

您購買的書名：________________________________

您從何處得知本書訊息（可複選）：

□A、書店　□B、玉山書訊　□C、報紙　□D、廣播　□E、電視

□F、雜誌　□G、親友介紹　□H、其他________________

您從何處購買本書：

□A、誠品書店　□B、金石堂書店　□C、其他書店________

□D、博客來網路書店　□E、量販店　□F、其他________

您覺得本書的評價（請塡代號 1 非常滿意 2 滿意 3 尙可 4 待改進）

書名________封面設計________版面編排________印刷________

內容________整體評價________其他________________

您希望玉山社爲您出版那方面的書籍：

____

給我們的建議：

____